BIBLIOTHÈQUE DE BONS ROMANS ILLUSTRÉS

LA CORVETTE

Deuxième série

DU FILS DU SUPPLICIÉ

PAR JULES BOULABERT

Prix : 50 centimes.

PARIS

ALEXANDRE CADOT, ÉDITEUR

37, RUE SERPENTE, 37

LA CORVETTE

DEUXIÈME SERIE DU FILS DU SUPPLICIÉ

PAR JULES BOULABERT.

I

Amour d'un jeune tigre pour une gazelle.

Huit jours se sont écoulés depuis les derniers événements que nous avons racontés. Une sorte d'intimité qui ne pouvait manquer de naître entre deux hommes du caractère de del Mona et du comte de Mérinval, a encore resserré les liens de la complicité qui les faisaient déjà presque inséparables. Comme il avait été convenu, Mariana est venue rejoindre son mari et Carlos au château des Dunes; où, charmée par la beauté d'Ève, dont seule elle ignore le mystérieux secret, elle s'est bientôt associée au projet d'un mariage entre la jeune fille et celui qu'elle croit son fils. Quant à Ève, entourée par tant de gens qui conspirent contre son amour et son bonheur, elle ignore encore l'arrestation de Josepha. Gasparo veille sur son protégé. Dans la nuit de la tentative d'assassinat, c'est

lui qui, après s'être caché dans le bois, où l'espérance de voir Josepha l'avait conduit, a prononcé, en s'adressant aux meurtriers, les paroles que nous avons rapportées en terminant notre première partie.

Il est dix heures du matin. Que le lecteur veuille bien pénétrer avec nous dans l'appartement occupé par Mariana. Carlos est auprès d'elle.

Malgré ses quarante-cinq ans, malgré les chagrins et les remords qui ont flétri et empoisonné une partie de sa vie, Mariana la Béarnaise conserve encore de beaux restes de son éclatante beauté, beauté si fatale à son premier mari. Un peu de mélancolie seulement pourrait trahir la vie agitée de cette femme ; le regard qui s'échappe de ses humides prunelles étincelle toujours du feu de la passion : quand il s'arrête sur Carlos on devine que l'amour maternel monté jusqu'au paroxysme de l'exaltation, fait battre le cœur de Mariana et l'absorbe tout entière.

— Eh bien! mon fils, avez-vous vu Ève, comme cela était convenu? demanda Mariana à Carlos.

— Oui, ma mère.

— Et que vous a-t-elle répondu?

— Toujours la même froideur, toujours le même dédain.

— Il faudrait triompher cependant de cette répulsion.

— Je ne vois qu'un moyen d'y parvenir.

— Lequel?

—Celui d'employer la violence, répondit Carlos avec résolution.

— Oh! soyez prudent, Carlos; ne vous laissez pas entraîner par la violence de vos sentiments. La passion est généralement une mauvaise conseillère; et croyez-moi...

— Mais qu'ai-je à craindre? interrompit Carlos.

— N'est-ce pas un crime que vous vous proposez de commettre? Et un crime qu'Ève ne vous pardonnerait pas!

— Ma mère, une femme pardonne beaucoup à l'homme qui l'aime assez pour se faire criminel afin de la posséder, répondit Carlos, le sourire sur les lèvres, mais avec un ton marqué d'ironie.

Cette réponse de Carlos amena une légère pâleur sur le front de Mariana. Sans doute que la pauvre femme s'était rappelé avec quelle facilité elle avait pardonné à del Mona, d'avoir été criminel en l'enlevant; mais cette émotion ne fut que passagère et Mariana reprit:

— Prenez garde, Carlos, il n'y a pas de plus grand malheur qu'une union mal assortie, quand bien même elle serait légitime. C'est un enfer que vous cherchez. Tenez, Carlos, je vous le demande en grâce, tant dans votre intérêt que dans celui d'Ève, renoncez à un projet qu'un homme de cœur ne saurait approuver, et qu'une mère qui vous aime sérieusement ne peut que blâmer. Si vous voulez, je parlerai pour vous à Ève; je n'ai pas encore eu le temps de la bien juger, mais elle m'a produit l'effet d'une jeune personne très-bien élevée. Sans aucun doute, elle comprendra toute l'importance de ma démarche, et n'hésitera pas à me dire quelles sont les raisons qui la font s'opposer à un mariage que nous désirons tous.

— Je vous en prie, ma mère, n'insistez pas pour me faire revenir sur une détermination bien arrêtée. Je sais quelles objections mademoiselle de Mérinval peut faire à ma demande, et il est inutile de la tourmenter à ce sujet. Si elle a eu assez de fermeté pour résister aux instances de sa mère, ne doutez pas qu'elle en ait assez pour ne point céder aux prières d'une étrangère. Au reste, pour ne pas vous alarmer, quoique je sois forcé de vous quitter, je vous promets de ne rien faire avant de vous avoir revue.

— Vous me le promettez?

— Oui.

Cependant, voyons quels étaient les moyens que comptait employer Carlos pour se venger de cette femme, de cette Ève, qui ne l'aimait pas et qui aimait Josepha?

Depuis plusieurs jours, il avait remarqué qu'Ève mettait de l'affectation à le fuir, et aussi à éviter la présence de ceux qui l'entouraient d'obsessions pour la déterminer à un mariage qui lui était odieux. Elle ne se montrait presque plus au salon, et quittait la salle à manger aussitôt que les convenances le lui permettaient, pour faire de longues et fréquentes promenades dans le parc dans une retraite favorite.

Cette retraite choisie par Ève était l'endroit le plus délicieux du parc.

Nous avons dit avec quel bon goût, quels soins, quelle prodigalité M. de Mérinval avait fait disposer sa charmante et agreste habitation des Dunes; mais où il s'était surtout mis en frais d'imagination, d'argent, de matériaux et de main-d'œuvre, c'était aux ruines du château des la Trémoille, au torrent du Saut-du-Cerf et à la grotte de Notre-Dame. Trois endroits qui se touchaient presque, et auxquels nous ne pouvons refuser l'honneur de quelques lignes de description parce qu'ils doivent jouer plus tard un rôle important dans ce récit.

Pierre de la Tremoille ou de la Trimouille, le premier du nom qui exista en France et qui vivait en 1040 sous Henri Ier, quoique originaire du Poitou, où il avait son fief principal dont il prit le nom, possédait en outre des fiefs importants, tant en Bretagne qu'en Normandie. En Bretagne on citait, il y a vingt ans à peine, le château des Dunes, et à Vitré, on remarque encore le donjon des la Tremoille qui sert de prison.

Sous la Ligue, François de la Tremoille s'étant fait calviniste, Vitré, dont il possédait la baronnie, suivit son exemple et soutint courageusement un siége contre le duc de Mercœur. Plus tard, Henri-Charles de la Tremoille, son arrière petit-fils et calviniste des plus décidés, ayant soutenu le parti de la Fronde contre Mazarin, se trouva forcé, après avoir souffert d'une assez longue captivité à Amiens, de se réfugier dans son château des Dunes, dont ses ancêtres avaient fait une forteresse presque inexpugnable. C'est ce vieux donjon dont M. de Mérinval était devenu propriétaire en 1827, moyennant quelques milliers de francs. Ainsi finit le château de ces la Tremoille qui s'illustrèrent sous les croisades, dont l'un d'eux fit valoir ses droits au royaume de Naples, et qui tous semblaient avoir pris à tâche de mourir sur le champ de bataille.

Avec de tels parchemins de noblesse, on se fera facilement une idée de ce que devait être le château de la Tremoille, surtout quand nous aurons ajouté qu'il était bâti sur la dune la plus élevée dont le torrent, le Scorff, ronge toute la partie montagneuse et granitique qui ne donne pas du côté de la mer. A voir de loin cette ruine encore imposante, on comprend comment au moyen âge tous ces grands seigneurs féodaux étaient des rois sur leurs domaines et comment ils pouvaient soutenir les uns contre les autres des guerres qui duraient plusieurs années. L'accès du château des Dunes déjà très-difficile, avec la liberté de passer sur les ponts-levis, bâtis dans les quatre grosses tours qui le défendaient, en rendait l'assaut presque matériellement impossible; et derrière ses hauts créneaux qui semblaient se perdre dans les nuages, des assiégés peu nombreux pouvaient parfaitement se défendre sans avoir beaucoup à souffrir des projectiles de l'ennemi. Aujourd'hui encore, si la curiosité vous fait pénétrer dans ces ruines sinistres, qu'envahissent en tous sens les lianes et les broussailles, on ressent un certain effroi au milieu de ces vastes salles où le bruit du moindre pas éveille un écho lointain et lugubre; ou en passant près d'un de ces trous, dont le regard ne peut sonder le fond et qui servaient d'entrée à ces oubliettes fameuses, où la barbarie et le fanatisme ont tour à tour entassé tant de victimes.

En 1846, M. le comte de Mérinval, tout en réparant les parties qui semblaient menacer ruine sous les pieds des voyageurs ou des curieux, avait eu soin de conserver au vieux castel sa couleur féodale; aucune oubliette n'avait été bouchée. Là, on trouvait un escalier qui, après s'être élevé à quelques pieds de hauteur, finissait dans le vide. Ailleurs, et par un plafond effondré, on voyait une chambre qu'aucun escalier ne rattachait au sol. Cependant les ponts-levis avaient été réparés, les fossés rétablis; de sorte que l'eau du torrent pouvait encore caresser de ses lames argentines les rochers énormes qui supportaient l'antique édifice.

Deux personnages très-mystérieux habitaient cette masure historique. C'étaient Kanigal le fou et Nerella la sorcière. Une histoire sombre comme une légende circulait sur leur compte; mais quoi qu'il en fût, le comte n'avait pas cru devoir les chasser de leur retraite; ils étaient bien vieux et paraissaient complétement inoffensifs. Ils vivaient ensemble. Cette habitude résultait-elle de ce qu'ils étaient mariés, ou simplement parce qu'ils avaient pensé qu'ils étaient d'âge à défier toutes les calomnies de la critique? nous le dirons bientôt au lecteur. Qu'il se contente de savoir pour l'instant que Kanigal était d'un caractère sauvage et farouche, et que Nerella, sans doute très-occupée de ses fréquents rapports avec Satan, semblait peu communicative.

A cent pas du donjon et en descendant une pente assez rapide dans la direction du château neuf, le Scorff se divisait en deux bras et formait une petite île assez élevée, un gros rocher s'élevant à vingt pieds au-dessus du niveau de l'eau. La partie du torrent resserrée entre ce rocher et la berge s'appelait le Saut-du-Cerf, parce qu'un cerf, poursuivi par des chasseurs, l'avait, dit-on, franchi d'un bond. Sur l'éminence du rocher, et occupant tout le plateau de l'île, le comte avait fait ériger la grotte de Notre-Dame, qui était unie à la berge par un pont rustique, sur lequel une seule personne pouvait passer de front.

C'était sur l'île et dans la grotte même qu'Ève venait passer ses heures de solitude.

Carlos qui, depuis plusieurs jours, observait toutes les allées et venues de la jeune fille, avait aussi remarqué l'endroit où elle s'arrêtait de préférence, et c'était dans la grotte même qu'il comptait l'attendre pour mettre à exécution ses sinistres projets. Cette grotte était divisée en deux pièces, l'une formant bibliothèque et l'autre salon d'été.

En été celui-ci était très-frais, on y respirait le parfum balsamique des plantes qui croissaient en nombre aux escarpements des berges du torrent. Le jour qui y parvenait était légèrement tamisé par des vitrages à verres de couleurs. Le mobilier, sans être somptueux, était très-confortable; ce salon n'avait qu'une issue, qui ouvrait sur la bibliothèque, par où il fallait nécessairement passer pour y pénétrer. Les petites croisées en ogive et embarrassées par un grillage de filigrane en plomb, étaient percées à une certaine hauteur du sol, et ouvraient de tous côtés sur les berges escarpées du torrent, de sorte que, même pour un homme déterminé et bon nageur, une fuite par ce chemin eût été fort périlleuse.

Comme on le voit, cette chambre si bien faite pour captiver les loisirs d'une personne de goût et d'un esprit d'élite pouvait, à un moment donné, devenir une prison très-sûre; pour Ève, avec Carlos pour gardien, elle devenait encore plutôt une tombe qu'une prison. Le misérable était capable de tout pour arriver à son but; même de laisser mourir sa captive de faim, si l'idée lui en prenait.

Aussitôt qu'il eut quitté sa mère, Carlos se dirigea vers le pont du Saut-du-Cerf. Il prenait mille précautions pour éviter qui que ce fût et n'être vu de personne. Cependant, si Carlos eût été plus perspicace ou plus prudent, il eût vu à coup sûr quelqu'un qui épiait soigneusement le moindre de ses mouvements.

C'était la vieille Nerella qui, placée comme une vedette sur la pointe d'un rocher, au pied de sa masure, semblait prendre un intérêt marqué à tout ce que faisait le jeune homme.

Quand celui-ci fut arrivé auprès du pont, il s'y engagea; et quand il s'arrêta pour contempler l'abîme grondant sous ses pieds, il ne fut que l'affaire d'un instant; il pénétra dans le pavillon en murmurant :

— Le sort en est jeté; elle sera à moi.

II

La gazelle se fait panthère.

Ève, depuis la fuite mystérieuse de Josepha, était complètement changée, tant au moral qu'au physique. A la vérité, les événements qui lui étaient arrivés depuis un mois étaient tous d'une telle importance et s'étaient succédé avec une si grande rapidité, qu'ils étaient bien faits pour opérer profondément sur une jeune fille de dix-neuf ans, qui n'avait encore compté les années de sa belle et folle jeunesse que par autant de jours de bonheur.

Depuis le jour où Josepha avait passé la nuit chez elle, Ève n'avait reçu qu'une visite de sa mère qui lui avait dit d'un ton très-froid :

— Mademoiselle, votre père espère que vous ne prononcerez jamais devant nous, pas plus le nom de Marini que celui de Josepha, et il vous donne deux mois pour vous décider à épouser M. Carlos del Mona, qui, malgré ce qui s'est passé entre vous et un homme que je ne puis nommer, veut bien vous faire l'honneur de nous demander votre main.

— Madame, a répondu Ève, veuillez dire à mon père que, quant à ce mariage qui m'est odieux, je ne puis me soumettre à sa volonté.

— Mademoiselle, votre père est bien décidé à ne pas se laisser fléchir sur ce point.

— Madame, j'en suis désolée pour lui et pour vous ; mais je serai aussi inflexible que mon père.

— C'est ce que nous verrons.

— Comme vous voudrez, ma mère, attendons.

Quoique bien décidée à résister à la volonté de son père, Ève n'avait pas été sans ressentir une violente émotion de la révélation de sa mère; elle avait subitement compris que tout était fini entre ses parents et elle et que désormais elle aurait plutôt à compter avec leur mauvais vouloir qu'avec leur affection ; mais cependant, rien ne put affaiblir en elle le souvenir de Josepha, que l'amour y avait en peu d'instants si profondément incrusté.

Au contraire, elle voulut remédier à ses maux en l'aimant, et en lui donnant une nouvelle preuve d'son affection et de son amour. Elle prit le parti de s'absenter de la maison paternelle et d'aller à Lorient, trouver la sœur Ursule.

Elle dirait tout à cette sainte femme, qui connaissait l'histoire de la famille de Josepha ; et de cette façon elle pourrait peut-être obtenir quelques preuves de l'innocence du pauvre supplicié.

Mais quand Ève voulut mettre son projet à exécution, elle s'aperçut avec effroi que c'était plus difficile qu'elle ne l'avait d'abord pensé, et que ses parents la faisaient surveiller par Carlos. Alors elle ajourna son voyage à Lorient, jusqu'au jour où elle pourrait tromper son argus, pour lequel elle ressentit encore un peu plus de haine que par le passé, elle continua ses promenades en plein jour à la grotte de Notre-Dame, comme si elle ne s'était aperçue de rien, afin de ne pas pousser son père à l'enfermer entièrement, ce qu'elle le croyait capable de faire.

Le matin du jour où Carlos l'attendait avec de sinistres projets dans l'esprit, Ève s'avançait sans défiance vers la grotte de Notre-Dame. Étonnée de n'avoir pas vu son surveillant au déjeuner et de ne le pas rencontrer sur son chemin, elle pensa qu'il était absent des Dunes, et que peut-être elle pourrait aller à Lorient, à l'insu des gens du château. Elle allait donc passer sans s'arrêter devant le pont du Saut-du-Cerf et gagner la route de Lorient, quand elle vit un homme à quelques pas devant elle.

Ce promeneur qui lui tournait le dos, et qu'elle crut reconnaître pour M. del Mona père, l'effraya ; et afin de ne pas en être vue, elle se jeta précipitamment dans la grotte dont elle retira la porte qu'elle ferma en dedans.

Elle n'eut pas plus tôt commis cette imprudence, qu'elle eut lieu de s'en repentir.

En se retournant, elle avait vu Carlos qui sortait de dessous un meuble où il s'était caché.

Ève jeta un cri de surprise ; mais ce fut tout : son émotion n'alla pas plus loin d'abord. Seulement, elle se détourna avec dédain de del Mona, et fit un pas vers la porte afin de l'ouvrir. Il était trop tard, Carlos lui barrait le passage.

— Pardon, mademoiselle, commença-t-il, mais il me semble que vous êtes bien pressée de fuir un homme qui vous aime... et dont l'amour est agréé par vos parents.

— Je ne sais pas, monsieur, ce que pensent mes parents de votre amour, mais je sais ce que j'en pense, moi; aussi, vous prierai-je de me laisser passer.

— Impossible, mademoiselle.

— Mais, que prétendez-vous obtenir de moi?

— Oh ! mon Dieu ! un peu de cet amour que vous avez probablement si généreusement octroyé à M. Josepha, dans certaine nuit fortunée, rien de plus !

— Infâme ! s'écria Ève, vous osez m'insulter et vous habitez sous le toit de mon père.

— Votre père ! il pense comme moi sans doute, et c'est pourquoi il a si facilement adhéré à la demande que je lui ai faite de votre main ; il pense que c'est un moyen d'effacer les suites de votre faute.

— Ma faute?

— Mais, oui, votre faute...

— En vérité, monsieur, vous me semblez si lâche que je ne sais si véritablement vos injures doivent encore m'irriter.

— Moi, lâche !

Et Carlos grinça des dents en prononçant ces deux mots.

— Vous avez tort de me parler ainsi, mademoiselle, continua-t-il, quand vous êtes en mon pouvoir.

— En votre pouvoir! répéta Ève qui pâlit; elle commençait enfin à comprendre où voulait en venir Carlos.

— Oui, en mon pouvoir, reprit ce dernier, et dans un quart d'heure si je veux vous serez à genoux, à mes pieds.

— Jamais!...

— Jamais! allons donc!

— On se fait tuer, monsieur, mais on ne demande pas grâce à un homme que l'on méprise.

— Me mépriser! et de quel droit? vous qui avez été la maîtresse de Josepha, le fils d'un assassin, et assassin lui-même.

— Vous mentez, monsieur; mais tenez, finissons... tuez-moi, si vous avez du courage, et que je sois donc enfin délivrée de votre présence.

— Vous tuer! mais vous plaisantez : on ne tue la femme qu'on aime, que lorsqu'on la voit au point d'appartenir à un autre; mais vous c'est à moi que vous allez appartenir.

Et Carlos fit un mouvement pour se rapprocher d'Ève.

— Ne m'approchez, fit Ève, ou je vous déchire le visage!

— Oh! oh! la gazelle se fait panthère, dit Carlos avec un ricanement sauvage.

Et il se rapprocha encore, il allait saisir Ève; quand la porte commença à être ébranlée par des coups aussi nombreux que violents, frappés du dehors.

La porte de la grotte était solide et résistante. Au dedans la lutte continuait avec une violence désespérée, Carlos comprenait qu'il n'avait pas un moment à perdre pour arriver à son but; aussi employait-il toutes ses forces pour triompher de la résistance de mademoiselle de Mérinval; déjà il l'avait terrassée et saisie aux cheveux. Brisée par la violence de la douleur, Ève ne songeait cependant pas encore à implorer la pitié de son meurtrier... mais elle appelait à l'aide...

— Au secours! au secours! à l'assassin! criait-elle d'une voix déchirante.

— Du courage! du courage! mon enfant; cette porte ne peut tarder à céder à mes efforts; dans tous les cas, je connais le misérable qui vous torture! Il s'appelle Carlos del Mona.

Cette voix inconnue ranima le courage et les forces d'Ève et accrut la rage de Carlos.

— Ah! mon crime est connu d'un étranger! s'écria-t-il; eh bien! malheur à celui-là!

Et del Mona tira de dessous ses vêtements un poignard dont il s'était armé à tout événement.

Il avait encore une autre raison de prendre le parti désespéré d'un double assassinat. Dans la voix de l'inconnu, il avait cru reconnaître celle de l'homme que dans le bois, et la nuit de l'assassinat, il avait vainement poursuivi. Et, on s'en souvient, M. de Mérinval et les deux del Mona s'étaient accordés à croire que cette voix était bien et ne pouvait être que celle de Josepha.

— Josepha ici, derrière cette porte! avait pensé Carlos; c'est Dieu qui me l'envoie pour que ma vengeance soit complète. S'il entre il doit trouver qu'un cadavre, sur lequel je le ferai tomber expirant, car Josepha, c'est ma mort et ma honte!...

L'homme du dehors redoublait d'efforts, et sous ses coups furieux la porte commençait à céder. Enfin, un des panneaux tomba à terre juste au moment où Ève, en poussant un grand cri, tombait elle-même frappée d'un coup de poignard par Carlos, qui, furieux et écumant de rage, sans se rendre compte si la blessure qu'il venait de faire était mortelle, se précipitait, son arme fumante à la main, vers l'ouverture qui venait d'être pratiquée dans la porte, et derrière laquelle il comptait trouver Josepha.

Ce n'était cependant pas le fils du supplicié qui l'y attendait; c'était Pierrebuff, le capitaine de l'*Émerillon*, ou plutôt l'ancien contrebandier Gasparo, son véritable père.

III

Perplexités.

La position de Pierrebuff et de Carlos était terrible. Tous deux étaient également armés d'un long poignard; ni l'un ni l'autre n'avaient d'armes à feu; ils étaient séparés par une ouverture qui, à la rigueur, pouvait donner passage à un homme; mais Carlos, pour fuir, devait rencontrer le poignard de Gasparo; ce dernier, pour entrer et porter secours à Ève, devait se jeter sur le stylet de Carlos.

Cependant, expliquons la présence du capitaine de l'*Émerillon* dans la propriété de M. de Mérinval.

On sait comment Pierrebuff était venu, et grâce à quel espionnage il avait pénétré le secret amoureux de son protégé. Dans cette passion naissante, il n'avait vu qu'un penchant qui devait immanquablement résulter du rapprochement d'une jeune fille et d'un jeune homme dont l'amour n'avait pas encore fait battre les cœurs; mais plus tard, quand il eut surpris certains secrets, entendu quelques aveux, et vu s'échanger quelques serrements de main, il ne put douter plus longtemps que le mal était plus grand qu'il ne pensait et qu'il fallait vite y porter remède.

On sait encore quel moyen Pierrebuff crut devoir employer pour forcer Josepha à quitter les Dunes. Ce moyen eût, sans aucun doute, coûté la vie à celui qu'il devait sauver, sans un hasard providentiel qui fit que Josepha resta au château pendant que ses ennemis, le poignard à la main, couraient après lui sur la route où il devait passer.

Ce que le capitaine de l'*Émerillon* avait vu cette nuit-là lui avait démontré toute l'étendue de la haine des del Mona et de M. de Mérinval contre Josepha, et combien il était important de veiller sur ce dernier.

Ne voulant pas se mettre lui-même en évidence afin d'éviter d'être reconnu pour Gasparo l'assassin, il avait déjà pensé à charger Jean, son fils aîné, de veiller sur son frère de lait; quand le lendemain de la tentative de meurtre commise sur M. de Mérinval, Pierrebuff apprit l'arrestation de Josepha, sous l'accusation de meurtre avec préméditation et guet-apens.

A cette nouvelle, Pierrebuff fut si abasourdi qu'il faillit sacrifier son existence et celle de plusieurs de ses compagnons qui, à son bord, se trouvaient dans la même position que le Warlek, pour sauver le fils du supplicié. Il fut sur le point, décidé à s'appuyer sur le témoignage de la sœur Ursule pour donner plus de poids à ses assertions, d'aller dévoiler à la justice : le meurtre commis en 1826 sur la personne de sir Edward Godsingel; la façon dont M. de Mérinval, sur le point de commettre un nouveau crime, avait été arrêté lui-même par deux bandits, dont il eût pu faire ses complices.

Mais après quelques instants de réflexion, il aperçut bientôt le mauvais côté de ce moyen.

D'abord, pourrait-il arriver à prouver la complicité du comte de Mérinval dans l'assassinat commis près du vieux pont? Cette complicité lui seul la connaissait, et la sœur Ursule ne pouvait témoigner que d'une chose : qu'elle avait recueilli dans sa voiture un blessé qu'elle avait rencontré sur la route, et que, grâce aux soins reçus à l'hospice de Pau, le blessé avait été rendu à la vie et à la santé. Dans une telle affaire, où il s'agissait pour elle d'avoir involontairement, à la vérité, sauvé la vie à un assassin et dérobé un criminel aux recherches de la justice, la sœur, quoique forcée par son métier même à rendre hommage à la vérité, ne serait-elle pas très-contrariée d'apporter son témoignage? contrariété qui pourrait la décider à retirer sa protection à Josepha qui en avait un si grand besoin, en raison de la parenté de la sœur et de l'amiral.

De ce côté c'était beaucoup risquer pour n'arriver peut-être à aucun résultat; mais, en supposant qu'il parvint à faire tomber la tête de M. de Mérinval et la sienne, Josepha lui pardonnerait-il jamais d'avoir déshonoré et fait exécuter le père de celle qu'il aimait avec tout le délire de la plus vive passion ?

Quant à la seconde affaire elle présentait les mêmes chances d'insuccès. Seul comme témoin, pourrait-il prouver la culpabilité des del Mona si ceux-ci pouvaient faire attester, par vingt témoins, un alibi raisonnable et admissible ?... Dans le cas de non-réussite cette accusation portée contre des gens qui certifieraient de leur innocence ne ferait-elle pas rejaillir quelque chose d'odieux sur le premier inculpé ? Enfin, Gasparo avait des projets sur Mariana qui ne lui permettaient que d'agir avec beaucoup de circonspection dans une accusation portée contre les deux del Mona.

Cependant il fallait sauver Josepha.

Dans cette circonstance, Pierrebuff fit ce que nous faisons tous dans nos moments de luttes : après avoir compté ses ennemis, il compta ses amis.

Outre ses enfants il trouva la sœur Ursule, Ève, Mariana et Nerella, la sorcière des ruines du château des la Trémoille.

Nerella était vieille, elle était libre d'aller et venir sur les terres dépendant de la propriété des Dunes, elle n'éveillerait donc aucun soupçon. De plus, la vieille, qu'on disait en rapport direct avec Satan, n'avait rien à refuser au capitaine de l'*Emérillon*; dans son dévouement il y avait à la fois de cette crainte qu'éprouve l'esclave pour son maître; de l'amour et du respect de l'enfant pour son père.

Comment étaient venues ces relations assez surprenantes entre Pierrebuff et Nerella.

C'est ce que nous allons dire ; car cette courte histoire se rattache d'une façon trop directe à notre récit, comme on pourra en juger plus tard, pour que nous la passions sous silence.

Au moment de la révolution de 1830, le comte Georges de Valscel était très-lié avec M. le prince de Polignac alors premier ministre; longtemps, pendant que ce dernier était ambassadeur à Londres, il lui avait tenu lieu de premier secrétaire. Aussi le prince avait-il en lui une confiance illimitée et le consultait-il sur des affaires de la plus haute importance.

Pendant les trois jours célèbres M. de Polignac tint tête à l'orage. Pendant ces trois jours, Georges resta auprès du ministre. Enfin, quand l'heure du triomphe de la révolution eut sonné et qu'il fallut fuir, ils se dirent en se jetant dans les bras l'un de l'autre :

— Allons partager maintenant le pain de l'exil !...

Qu'était-ce pourtant que le comte de Valscel ?

Le comte était un grand et bel homme qui eût certes fait un fort beau capitaine des gardes du corps ; de plus, il était doué d'une figure charmante et expressive, d'une force athlétique, ce qui n'était pas à dédaigner pour des fugitifs, qu'on devait poursuivre, son instruction était brillante, ses manières très-distinguées, son esprit vif et cultivé, ses façons très-affables dans ses relations habituelles.

Le comte avait encore sa mère qui l'aimait avec orgueil et amour à la fois. Il était marié avec une femme charmante avec laquelle il faisait, disait-on, un ménage qui prenait à tâche de prolonger indéfiniment les beaux jours de la lune de miel. De ce mariage si bien assorti, était issu un enfant âgé de trois ans au moment de la révolution. Une fille.

Quant à la fortune, le comte était riche personnellement.

Dans la prévision d'événements sinistres, M. de Valscel avait fait passer la majeure partie de sa fortune en Angleterre. Le reste, il l'avait réalisé en argent comme il avait pu, et le 22 juillet il était monté, avec un portefeuille renfermant six cent mille francs, chez sa mère et sa femme

— Voici une partie de notre fortune, dit le comte de Valscel aux deux femmes déjà alarmées de son agitation, je vais vous la remettre et vous allez fuir...

— Fuir, et pourquoi ? demanda la jeune comtesse en interrompant son mari.

— Je vous le dirai ensuite; écoutez d'abord ce que vous avez à faire, car le temps presse. Vous allez fuir sous de faux noms; voici des passeports, vous irez assez vite pour, en prenant la route d'Angleterre, vous trouver demain dans un petit port de la Manche : Granville par exemple ; là vous attendrez des nouvelles.

— Mais enfin...

— Je n'ai pas achevé mes recommandations, reprit le comte ; en route, vous voyagerez le plus simplement possible et ne ferez rien qui puisse faire supposer votre qualité. Maintenant voici le motif de ce brusque départ. Une révolution est imminente.

— Mais vous ? demandèrent ensemble les deux femmes avec une égale inquiétude.

— Moi, j'irai vous rejoindre plus tard à Granville et nous nous embarquerons ensemble pour l'Angleterre.

Les deux femmes étaient trop de leur caste pour ne pas comprendre les raisons du comte, puis, à leurs yeux, de l'instant que c'était le service du roi qui l'exigeait, elles devaient obéir sans discuter.

Ce fut ce qu'elles firent.

Nous avons dit ce qui s'était passé après leur départ ; trois ou quatre jours après elles, le prince et le comte étaient forcés de quitter Paris sous des déguisements.

Jusqu'à Granville le voyage se fit sans encombre. Nos deux fugitifs échappèrent fort heureusement à tous les émissaires et agents envoyés à leur poursuite.

A Granville même, tout semblait devoir bien se passer; le comte de Valscel avait traité avec un patron au cabotage de son passage pour lui, sa mère, sa femme, son enfant et un domestique. Comme M. de Polignac se trouvait dénoncé, poursuivi et signalé, pour plus de sûreté on avait cru devoir prendre cette mesure.

La veille du jour de l'embarquement, afin de rester moins longtemps dans le port le lendemain, le comte envoya ses bagages et ceux du prince à bord.

Ce fut cette dernière mesure de prudence qui perdit M. de Polignac ; car voici ce qui se passa à bord après l'arrivée des bagages : Un des matelots en les rangeant trouva une malle qui portait encore un débris d'adresse mal enlevé. Sur ce débris il y avait :

PRINCE DE POLIGNAC.

Le reste manquait. Ce nom éveilla l'attention du matelot qui, sur-le-champ, fit part de sa découverte au patron de la barque. Celui-ci était un bandit de haut lieu que nous verrons à l'œuvre avant peu. Jusque-là, il n'avait encore fait que le négrier et le pirate avec un certain succès ; mais, comme à certaines heures il était grand joueur et aimait la vie de grand seigneur, il lui arrivait souvent d'être *en panne*, suivant son expression toute nautique.

Quand il fut appelé à transporter les fugitifs de Granville à Douvres, il se trouvait justement dans un de ces moments de gêne si voisins de la misère, et se livrait, à défaut de mieux, au cabotage et à la piraterie.

Un bandit de cette trempe n'avait pas besoin d'être tenté ni longtemps, ni beaucoup pour une mauvaise action ; surtout s'il pressentait que cette mauvaise action devait lui rapporter gros.

Le nôtre, qui s'appelait Kanigal (le fou des ruines en 1846) pensa, qu'en livrant M. de Polignac, il pouvait se remettre à flot.

Aussitôt il fit venir la douane à son bord et la mit de moitié dans sa découverte.

Ordre fut donné de redescendre la malencontreuse malle à terre; quand elle y fut, on la plaça de façon à ce que le débris maculé fut contre terre et par conséquent invisible ; puis on attendit venir les voyageurs ; car, comme personne à Granville n'avait jamais vu le prince, on craignait de se tromper en mettant trop de précipitation à arrêter l'illustre fugitif.

Le lendemain, presqu'au lever de l'aurore, les cinq voyageurs arrivèrent sans méfiance.

Quand ils furent près du poste, un sergent dit au comte de Valscel, en lui montrant la valise :

— Pardon, monsieur, on n'a pas embarqué cette malle parce qu'on n'était pas bien certain qu'elle fût à vous ; elle n'est pas portée sur la liste de vos bagages.

— Elle est sans doute à mon domestique.

Et se retournant vers le prince, il lui dit en anglais pour le dispenser de répondre en français :

— Cette valise est à vous, John ?

— Yes, répondit le prince.

Ce yes, quoique dit en parfait anglais, devait lui coûter six ans de captivité.

Aussitôt un douanier retourna la malle, fit voir le malheureux chiffon de papier, pendant que le sergent disait au prince avec le plus profond respect :

— Monsieur le prince, au nom de la loi je vous arrête.

— Mais c'est moi, le prince! s'écria Georges avec la noble intention de sauver son maître.

Mais les gens de la trempe du prince de Polignac, si sujets qu'ils soient à se tromper, ont toujours une grande noblesse de cœur. Le prince eût cru indigne de lui de ne pas être à la hauteur du dévouement de son ami.

— Merci, Georges, dit-il au généreux gentilhomme, en lui serrant les mains avec effusion. Partez! Adieu!.. Soyez heureux.

— Mais je vous dis que c'est moi le prince! fit M. de Valscel avec feu et en s'adressant aux douaniers.

Comme ceux-ci pour mettre fin à leurs hésitations allaient sans doute les arrêter tous deux, le prince reprit :

— Messieurs, rappelez-vous que M. de Polignac est né en 1780, qu'il a pris part à la conspiration de Pichegru; puis, regardez-nous, monsieur et moi, et décidez quel est celui contre lequel vous devez exécuter votre mandat...

Deux heures plus tard, M. de Polignac était dirigé sur Paris, pendant que Georges et sa famille s'embarquaient à bord du navire de Kanigal, qui songeait déjà à utiliser, à son profit, ce qu'il savait de la position du gentilhomme...

Le comte de Valscel réfléchissait quand il mit le pied sur la goëlette de Kanigal. Jusque-là, il avait combattu et lutté; son esprit avait toujours été occupé, soit à triompher de l'insurrection, soit à échapper aux poursuites des vainqueurs.

Mais hors de France et en pleine mer, lui qui ne connaissait pas Kanigal, il se crut hors de danger, et pensa qu'il avait enfin le temps de se rendre compte d'événements qui l'étonnaient comme un rêve.

La mer était houleuse, la brise, un peu froide malgré la saison, chassait des brumes inquiétantes pour la santé d'un enfant de trois ans; craignant le roulis et le mal de mer, les deux femmes avec l'enfant descendirent dans leur cabine; c'était la dernière fois qu'elles voyaient Georges.

Celui-ci, pour les raisons que nous avons détaillées plus haut, éprouvant le besoin de se trouver seul, resta sur le pont, et sans prêter la moindre attention à ce qui avait lieu autour de lui, mais entièrement livré à ses pensées, il commença à se promener de la proue à la poupe, tantôt gesticulant, tantôt profondément pensif et se parlant à lui-même, en homme gravement préoccupé.

Cette séparation du comte et de sa famille servait à souhait les projets sanguinaires et intéressés de Kanigal.

Voici le raisonnement que s'était fait l'ex-négrier :

A la scène qui s'est passée à terre entre M. de Polignac et cet homme, il faut nécessairement penser qu'ils sont tous deux très-amis. M. de Polignac était prince, premier ministre, favori du roi et riche. Il faut donc supposer que mon passager est un grand seigneur. Donc c'est un ci-devant, par conséquent un ennemi de la patrie; le fait est clair. Par conséquent on ne court pas grand risque à prendre certaines mesures contre lui; en cas d'échec, on aurait toujours l'excuse de dire qu'on a agi dans l'intérêt de la chose publique.

Si cet homme fuit, il ne fuit pas les mains vides; sans doute

qu'il a réalisé une partie de sa fortune et qu'il l'emporte. C'est à moi de m'en assurer.

Ce parti pris le forban réunit son équipage, qui se composait de dix hommes et deux mousses, c'est-à-dire de douze garnements qui ne valaient pas mieux que leur chef.

Les douze scélérats faillirent pousser un hourrah de joie, quand ils surent de quoi il était question.

Kanigal choisit les quatre hommes les plus déterminés de sa bande, nous aurions honte de dire de son équipage, pour attaquer le comte, qui, comme nous l'avons dit, était un homme de force herculéenne.

— Vous ne le tuerez pas pour le plaisir de le tuer, fit Kanigal à ses hommes, car après tout, si nous pouvons avoir son argent sans l'envoyer aux poissons, c'est une bonne action de plus que nous aurons sur la conscience au jour du grand jugement.

Sans doute qu'aux yeux du négrier, ne point faire le mal était faire le bien.

Un mousse fut en outre chargé d'aller enfermer les deux femmes, et de leur dire, si l'arrestation du comte faisait du bruit à bord : qu'on était attaqué par un corsaire, et que Georges ne descendait pas, parce que, devant un danger commun et imminent, en homme de cœur qu'il était, il avait voulu faire son devoir et combattre comme le dernier des matelots.

Tout ainsi combiné, l'attaque commença simultanément des deux côtés.

Les deux femmes furent facilement enfermées; pour donner un tour de clef à la porte de leur cabine, le matelot choisit un moment où l'enfant criait; puis, par mesure de précaution, il roula un lourd baril qu'il dressa derrière la porte et ajusta avec un fort bout de filin.

Pour M. de Valscel, ce fut plus difficile.

Plongé dans ses réflexions, il commençait à convenir avec lui-même que les ordonnances avaient été une mesure aussi impolitique qu'imprudente; quand tout à coup, il s'aperçut qu'il était entouré de matelots qui semblaient avoir à son égard des intentions sinon hostiles, au moins parlementaires.

Il était évident que ces hommes cherchaient à lui parler. Pourquoi ? Là était le mystère.

Le comte ne voulant s'adresser qu'au capitaine, promena autour de lui un regard pour le découvrir, il vit le forban à l'arrière du navire avec son équipage dont l'attitude semblait menaçante.

Il avait entendu sans broncher le canon des trois journées qui démolissaient pièce à pièce le pouvoir qu'il servait; il ne devait pas attendre le danger pour lutter contre lui.

Il fit donc un pas pour aller à Kanigal; mais un des quatre matelots lui barra le passage, en lui disant d'un ton brusque :

— On ne passe pas !

— Que voulez-vous?

— Vous arrêter.

— M'arrêter! fit le comte avec hauteur, et de quel droit ?

Et son regard étincelant de colère s'arrêta sur les bandits qui l'entouraient; pendant que ses deux mains allaient sous sa redingote caresser les crosses de deux pistolets dont il avait eu soin prudent de se munir.

— Au nom de la loi, répondit le matelot.

— Je vais aller parler à votre capitaine.

— Non.

— Pourquoi?

— Il ne vous écoutera que quand vous vous serez reconnu prisonnier.

— Prisonnier, je n'aurais plus aucun compte à lui rendre, tandis qu'à présent j'en ai à lui demander.

A cette réponse les quatre scélérats firent un mouvement simultané pour se jeter sur le comte; mais celui-ci, pendant le court dialogue que nous venons de rapporter, avait eu le temps d'armer ses pistolets : il se rejeta d'un pas en arrière, en mettant les mains hors de sa redingote, et ses deux pistolets se trouvèrent braqués à bout portant sur ses assaillants.

— Arrière, bandits! ou je vous brûle la cervelle, fit M. de Valscel, à titre d'avertissement.

— Aux armes ! cria Kanigal.

Déjà des coutelas, des haches à manche court et des pistolets étincelaient dans les mains des quatre matelots. A la voix du chef, l'équipage armé de la même façon marcha à la rescousse, pour soutenir ses dignes compagnons.

Devant une telle démonstration, le comte envisagea sa position avec le sang-froid d'un véritable homme de guerre. Il comprit qu'il ne devait pas songer à capituler ; mais à vendre chèrement sa vie. Il pensa aussi à sa famille. Que faire ? Sinon la défendre jusqu'à la mort.

Comme moyens de défense, le comte avait quatre coups de feu et la chance de trouver une arme abandonnée par les matelots qu'il allait commencer par tuer. Avec une arme et sa force athlétique, il eut l'énergique témérité d'espérer triompher du reste de l'équipage.

C'était une chance bien précaire, mais enfin c'en était une pour lui, qui était d'une seule main capable de jeter un homme par-dessus les bastingages.

Cette résolution prise, avec la rapidité de l'éclair, quand le comte vit étinceler des armes autour de lui, il tira deux de ses coups de feu, en ayant soin d'ajuster un matelot armé d'une hache d'abordage.

Les deux hommes tombèrent, et la hache convoitée s'échappant des mains du matelot tué, glissa auprès du comte qui mit son pied dessus, en appuyant fortement du poids de sa jambe aussi forte qu'une colonne torse. Ce faisant, Georges déchargea encore un coup de ses pistolets, celui qu'il tenait de la main droite, et jeta l'arme loin de lui ; puis, d'un mouvement aussi brusque que la pensée, et avant d'avoir tout l'équipage sur les bras, il se baissa et ramassa la redoutable hache, dont il attendait un si grand secours.

Le quatrième matelot, seulement armé d'un fort couteau, après avoir légèrement blessé Georges à la cuisse, avait prudemment tenu en retraite, sur le gros de la bande, qui n'avait pu empêcher la mort de trois des siens parce que les trois coups de feu étaient partis presque à la fois, et que la scène s'était passée en moins de cinq secondes.

M. de Valscel restait donc au milieu d'un espace vide, et ayant encore un coup de feu à tirer qu'il ne voulait qu'utiliser à bout portant, et pour se défaire d'un ennemi le serrant de trop près.

Devant lui, il avait encore neuf hommes serrés les uns contre les autres, et se consultant, à savoir s'ils s'attaqueraient à un pareil champion, devant qui les hommes tombaient comme foudroyés ; comme personne n'avait supposé le comte armé et ne s'était attendu à une aussi vigoureuse défense, les pistolets étaient rares, les pirates n'avaient que trois coups de feu à tirer ; mais tous avaient de bons poignards, quelques-uns des sabres d'abordage, plusieurs des haches semblables à celle que Georges tenait à main.

Quant à celui-ci, il promenait sur les bandits un regard fier et tranquille ; appuyé contre le grand mât, il attendait leur attaque...

Elle ne se fit pas attendre ; excités par leur chef, les neuf bandits s'élancèrent à la fois sur le gentilhomme ; il les reçut du tranchant de sa hache formidable, qu'il maniait comme une plume. Deux matelots tombèrent encore sur le pont, et Georges reçut au moins dix blessures.

Bientôt ce fut une mêlée affreuse. Qu'on se figure des dogues acharnés contre un lion. Le comte ruisselait de sang ; mais il ne tombait pas. Cinq hommes seulement restaient autour de lui, et ils étaient tous blessés.

Kanigal, qui n'avait pas encore pris part au combat, — il gouvernait le navire, — écumait de rage, jurait et faisait tempête.

— Mais tuez-le donc ! Tuez-le donc ! lâches que vous êtes ! s'écriait-il à chaque instant.

Les vœux de Kanigal furent enfin exaucés, et ce fut un mousse, un enfant de dix ans, qui eut le triste honneur de décider d'une victoire si longtemps disputée et encore indécise.

Ce pirate au maillot était allé prendre un pistolet bien chargé et à deux coups dans la cabine du capitaine ; puis, par les enfléchures, il était monté sur une vergue, et de ce poste, où il n'était en rien exposé, il avait longtemps ajusté Georges,

avait tiré, et les deux balles avaient atteint ce dernier en pleine poitrine, l'une avait touché le cœur.

Georges, comte de Valscel, tomba comme un homme fusillé, la tête en avant en murmurant :

— Ma femme ! ma mère ! mon enfant !...

Il n'eut même pas le temps de voir son assassin.

Un cri de joie et de triomphe célébra sa chute ; et quand l'équipage étonné releva la tête vers la mâture, afin de voir d'où et de qui lui venait le salut peut-être, ce cri s'échappa de toutes les bouches :

— Cancrelat ! c'est Cancrelat qui a fait le coup !

Il faut convenir que Cancrelat portait bien son nom.

— Capitaine, dit le gamin, je ne te demande qu'une chose pour vous avoir sauvés de ce fort-à-bras qui vous eût exterminés tous,...

— Laquelle ? parle, je te l'accorde d'avance.

— Votre parole.

— Je te la donne.

— Bien, cela me suffit ; quand on aura nettoyé le pont, jeté les cadavres à la mer, et que le moment sera venu, je te rappellerai ta promesse.

— Mais qu'est-ce que c'est, enfin ?

— Quand on partagera la prise.

— Ah ! tu veux te réserver le gros lot ?

— Je ne veux pas un denier.

— Mais enfin ?...

— J'ai votre promesse, cela me suffit ; vous verrez...

— Bien, nous verrons...

On s'empressa de nettoyer le pont, de jeter les morts à la mer ; car il était urgent de reprendre au plus vite des allures et une tenue d'honnête caboteur. Une haute voile se montrait à l'horizon. En mer, comme partout, on est exposé à rencontrer des indiscrets.

Pendant que les forbans de l'Écureuil se livraient à ce triste nettoyage, que le lecteur veuille bien descendre avec nous dans la cabine des dames de Valscel, où se passait une scène déchirante.

Très-occupées de l'enfant, comme nous l'avons dit, et elles-mêmes légèrement atteintes du mal de mer, les dames de Valscel ne s'étaient pas aperçues qu'on les avait enfermées ; mais les coups de pistolet tirés par le comte vinrent tout à coup comme les réveiller en sursaut.

— Oh ! mon Dieu ! mon mari... s'écria la comtesse.

— Mon fils ! fit la douairière.

L'amour et le sentiment maternel avaient subitement communiqué le même pressentiment aux deux femmes :

Pendant dix minutes le bruit d'une lutte terrible s'était fait entendre sur le pont.

La mère s'était jetée sur la porte pour l'ouvrir ; mais cette porte était solidement fermée en dehors. Furieuse, elle s'était mise à frapper et à appeler.

Une voix inconnue et presque menaçante lui avait répondu :

— Madame, un corsaire nous tient à l'abordage et tout le monde se bat en haut ; on vous a enfermées afin que votre présence sur le pont n'apporte pas du désordre et de la confusion parmi les combattants ; mais rien n'est encore désespéré, nous sommes habitués à ces sortes de combats et l'équipage est aguerri.

— Et le comte ? demandèrent les deux femmes.

— Il est à son poste comme les autres et au premier rang ; et c'est juste, car il a peut-être encore plus d'intérêt que nous à ne pas être pris.

Sauf l'abordage, cette réponse, faite pour induire les deux femmes en erreur, était d'une désespérante vérité.

— Un corsaire ! un abordage ! un combat ! répétèrent les deux femmes avec consternation.

Et elles se mirent à prier.

Le combat devait être terrible ; car, pendant un instant, tombant par un sabord, le sang filtra jusque dans la cabine.

Enfin le silence se fit, le combat avait cessé, elles entendirent distinctement qu'on lavait le pont : et le comte ne descendait pas, afin de rassurer par sa présence celles auxquelles il portait une si grande affection !

Ce fut alors que les angoisses augmentèrent. La mère, d'un

caractère mieux trempé que sa bru, fit entendre des cris dé-
chirants, menaça d'enfoncer la porte. Elle se raidissait encore
à l'idée d'un malheur, dont elle avait cependant la conviction.
Quant à la jeune comtesse, l'émotion était au-dessus de ses
forces; elle était littéralement mourante.

Cramponnée d'une main après la robe de sa belle-mère et
tenant son enfant dans l'autre bras, elle s'écriait :

— Oh! ne me quittez pas, que feraient-il de moi? Ou plutôt
entraînez-moi, je veux aller à lui, je veux mourir avec lui.

Tout à coup la porte de la cabine s'ouvrit et Cancrelat
parut.

— Pardon, mesdames, dit-il aux deux comtesses, en les
saluant obséquieusement, le capitaine et l'équipage vous attendent pour décider de votre sort.

Sans penser qu'elles avaient devant elles l'assassin de Georges, les deux femmes s'écrièrent :

— Pour décider de notre sort?

— Oui, veuillez me suivre.

— Mais le comte?

— Vous saurez tout, suivez-moi.

Kanigal, entouré des faibles débris de son équipage, tous
meurtris et sanglants, attendait sur le pont celles, qu'en vrai
forban qu'il était, il appelait ses prisonnières.

Quand la comtesse douairière, qui ressemblait à une folle
furieuse, l'aperçut, elle se précipita sur lui, le saisit à la
gorge en lui criant :

— Brigand! assassin! qu'as-tu fait de mon fils?

Kanigal se débarrassa facilement de l'étreinte de la pauvre
femme et pour toute réponse dit à deux de ses hommes :

— Qu'on me débarrasse de cette furie, et mettez-la aux
fers.

Les deux matelots, si habitués qu'ils fussent à la cruauté de
leur capitaine, hésitèrent à obéir, tant cet ordre de mettre
une femme aux fers avait quelque chose d'épouvantable.

Mais Kanigal était en tout point digne de faire un tortion-
naire du moyen âge ; il reprit :

— M'avez-vous entendu? je vous ai dit de mettre la vieille
aux fers et vous la fouillerez.

Les deux matelots s'emparèrent de la comtesse, qui fit une
résistance terrible, et l'ordre de Kanigal fut enfin exécuté.
Quant à Blanche, elle était dans un tel état de prostration,
qu'elle n'avait plus conscience de ce qui se passait autour
d'elle, elle se leva cependant pour suivre sa belle-mère ou
supplier les matelots de ne pas obéir ; mais un de ces derniers la repoussa si rudement qu'elle s'affaissa sur un pliant,
serra son enfant sur son sein, en jetant autour d'elle des regards égarés, comme si elle eût craint qu'on ne lui enlevât
l'innocente créature ; puis elle se mit à répéter en poussant
un sanglot déchirant :

— Mon mari! qu'avez-vous fait de mon mari?

— Ton mari! ton mari! répéta Kanigal d'un ton bourru et
comme s'il eût voulu se débarrasser d'un questionnaire impor-
tun; c'était un traître et je l'ai tué.

La comtesse se dressa debout; son regard injecté de sang
flamboyait...

— Vous l'avez...

Elle n'acheva pas, et retomba aussi rapidement qu'elle
s'était levée. Quand on la releva elle avait cessé de souffrir,
elle était morte...

— Une corvée de moins! s'écria grossièrement Kanigal,

sans avoir un regard de commisération pour cette femme si jeune et si belle, dont sa cupidité et sa cruauté avaient d'abord fait une veuve, avant d'en faire un cadavre.

En ce moment parut Cancrelat.

— Eh bien? lui dit le capitaine aussitôt qu'il l'aperçut.

— Eh bien, capitaine, dans la fouille opérée à notre profit, dans les effets du comte je ne sais plus qui, mes camarades et moi avons trouvé, entr'autres objets, et c'est le plus clair de la prise, ce portefeuille qui renferme environ six cent mille francs. Vous êtes six, le compte est facile à faire; mais arrangez-vous, moi, ça ne me regarde pas.

— Comment cela? Et ta part...

— J'ai votre promesse, capitaine, que vous me donneriez ce que je vous demanderais.

— Et je la tiendrai.

— Eh bien, je vous demande la vie de ces deux femmes et la propriété de l'enfant.

L'équipage entier partit d'un éclat de rire à la singulière demande de Cancrelat.

Quand Kanigal eut repris son sérieux, il répondit à son mousse :

— D'abord la vie de ces deux femmes, c'est impossible, il y en a une de morte.

Et d'un regard de hyène, Kanigal désigna le cadavre de la comtesse.

— Bien, alors je me contenterai de la vie de celle qui reste.

— Tu y tiens donc bien?

— Oui.

— C'est que... c'est que...

— Quoi? demanda effrontément Cancrelat.

— Je crains qu'une fois libre, cette femme ne nous

— C'est bien facile à éviter.

— Comment cela?

— Vous repartez aux colonies faire la traite avec vos six cent mille francs, vous trouverez un autre morceau de bois que l'*Écureuil*.

— C'est une idée; mais la vieille?...

— Demain, dans la nuit, vous serez sur les côtes de Bretagne; vous l'y débarquerez. Elle ne sait pas le breton, du diable si elle est moins de quinze jours avant d'avoir trouvé quelqu'un qui la comprenne; pendant ce temps, vous aurez appelé l'*Écureuil* la *Fille-de-l'air*, filé de la toile et vous serez loin.

— Tu as raison; mais pourquoi veux-tu que je fasse ça?

— J'ai mes raisons; je vous les dirai plus tard, nous sommes gens de revue, puisque vous savez où reste ma mère à la Rochelle.

— C'est juste; mais toi, que deviendras-tu avec cette petite fille?

— La nuit suivante, vous me débarquerez chez ma mère afin que je lui donne cette enfant en nourrice. Nous avons tué le père, vous mettrez bien un billet de mille francs chacun pour que l'enfant ne meure pas de faim avant d'être en âge et en force de gagner sa vie.

— Oui, oui, c'est juste! s'écrièrent en chœur tous les bandits, que le partage de la prise mettait en veine de bonnes actions.

La demande de Cancrelat passa donc à la majorité; elle était si désintéressée, que Kanigal se fit une joie de tenir sa promesse jusqu'au bout; ce qu'il n'avait jamais fait que quand parfois, dans sa vie de négrier, il avait promis à un noir de le faire *accrocher* à une vergue.

Le lendemain donc, en raison des conventions faites, Kanigal fit attacher la marquise, qu'on avait laissée sans manger pour l'affaiblir, le capitaine le croyait du moins ; mais Cancrelat avait pourvu à la nourriture de sa protégée, qu'on avait ensuite bâillonnée ; puis, sans lui donner d'autres explications, on la mit dans un canot et on la débarqua.

Cancrelat commandait cette expédition.

A terre, il coupa les liens de la comtesse, et lui dit en la quittant :

— Madame, c'est à moi que vous devez la vie ; je pourvois à vos besoins du moment en vous remettant ce billet de mille francs ; vous me reverrez, et vous aurez des nouvelles de ceux que vous pleurez.

Après avoir donné le billet de mille francs à la comtesse, il regagna son canot, qui le reconduisit à l'*Écureuil*.

Le lendemain, Cancrelat était chez sa mère avec la fille du comte de Valscel.

La mère du comte, se voyant seule à terre et enfin libre, essaya de courir après son étrange bienfaiteur ; mais, les membres encore engourdis par la pression des liens et des fers qui l'avaient si longtemps privée de sa liberté, elle ne put faire un pas et retomba lourdement sur le sol.

Devait-elle y mourir ?

IV

La punition proportionnée au crime.

Pierrebuff, en 1830, sans être le célèbre Pierrebuff que nous avons présenté au lecteur en 1846, était déjà le courageux capitaine de l'*Émérillon* ; avec un peu moins de renommée, tant en bien qu'en mal, il explorait les parages que l'on connaît, et l'on peut ajouter qu'aux deux époques c'était avec la même vigilance.

Le matin du 2 août 1830, l'*Émérillon*, leste, coquet, pimpant, et filant bien, comme toujours, explorait la côte de Bretagne, remontant de Lorient et se rendant sans doute à Brest. Son capitaine était à son poste et causait amicalement avec son intime le Warlek, qui était au sien ; un mousse était en vigie dans la mâture, et l'équipage manœuvrait sans précipitation, mais avec une rare précision, comme un équipage bien dressé.

Le fond était bon ; le lougre passait à cent brasses de terre par une bonne brise.

— Une femme à terre ! signala le mousse.

A ce cri singulier, tout l'équipage leva le nez vers le mousse, mais sans rire, comme un équipage sérieux qu'il était encore.

— Où diable veux-tu que soient les femmes, si ce n'est à terre, mon matelot ? héla Pierrebuff qui, ce jour-là sans doute, était en humeur de plaisanterie.

— C'est que celle-là fait des signaux de détresse.

— Quelque blondinette qui a son amant parmi nous, supposa le Warlek.

— Où veux-tu dire ? demanda le capitaine au mousse.

— Sur la pointe de la grande roche N.-O.

— Bien.

Pierrebuff prit sa longue-vue, regarda une minute, puis dit au timonnier :

— Cette femme a besoin de nous, fais mettre une chaloupe à la mer, et qu'on aille la chercher.

L'ordre fut aussitôt exécuté.

Une heure après, la marquise était à bord de l'*Émérillon*. Elle avait trouvé un vengeur. La justice divine ne s'était pas fait attendre. Nous allons voir un échantillon de celle de Pierrebuff.

Malgré ses émotions, ses souffrances, la marquise eut le courage de raconter ses malheurs à Pierrebuff, puis elle s'évanouit.

Pierrebuff monta sur le pont, son front était sombre comme les jours où il allait faire une bonne action.

A sa voix, l'*Émérillon* déploya ses ailes de toute leur envergure ; toutes ses plumes frissonnèrent, il entra en chasse en glissant sur la brise elle-même.

La proie qu'il cherchait était cependant bien peu digne de lui : un écureuil.

Au soir, Pierrebuff braquait sa longue-vue sur une goélette, de forme équivoque, et cette fois, l'équipage parlait sérieusement de monter les armes d'abordage sur le pont comme un bravo équipage qu'il était toujours.

Pierrebuff n'avait jamais vu ni Kanigal ni l'*Écureuil*, il ne les connaissait même pas de nom ; mais il avait l'expérience de la mer, celle des choses, celle aussi de bien des positions équivoques. Cependant tout en faisant filer à son navire une vitesse de vrai casse-cou, et en demandant parfois conseil à le Warlek, Pierrebuff avait passé la journée à se dire : comment, maintenant que la marquise était malade, délirante, il reconnaîtrait l'*Écureuil* et comment aussi il l'aborderait.

Il était important de ne pas se tromper, trop de retenue pouvait faire manquer l'ennemi en passant près de lui, trop d'empressement exposait à molester bien des innocents ; le premier cas eût été déplorable, le second était prévu et sévèrement puni par la loi.

Dans un tel embarras, Paul avait songé à utiliser l'aspect peu rassurant et la vélocité de son navire.

Voici ce qu'il avait fait :

Aussitôt qu'un navire du tonnage voulu était en vue, au commandement de son capitaine, l'*Émérillon* s'élançait sur lui, en se donnant toutes les apparences d'un oiseau de proie. Si le navire fuyait avec un peu d'entêtement, Pierrebuff abandonnait aussitôt sa poursuite, et disait à le Warlek :

— Allons, nous nous sommes encore trompés. Celui-ci n'est un bon marchand, il en sera quitte pour la peur ; à un autre.

Paul pensait, avec assez de raison, que : l'*Écureuil*, supposant avoir affaire à un confrère, ne ferait pas à ce dernier l'impolitesse de fuir au point de refuser d'échanger un salut.

Tous les bricks ou goélettes sur lesquels Pierrebuff avait essayé sa manœuvre s'étaient enfuis de leur mieux ; mais à force de dire à un autre, vers les sept heures du soir, il avait fini par se trouver dans les eaux de l'*Écureuil*.

C'est alors que Paul avait braqué sa longue-vue, et qu'il avait dit à le Warlek :

— Attention ! je crois que nous le tenons.

Après une ou deux minutes d'examen, il reprit :

— Allons, pique sur cette voile, ils nous ont vus, mais d'assez près peut-être pour nous avoir remarqués ; qu'on serre le vent au plus près, et que l'*Émérillon* vole : pas d'hésitation, qu'ils puissent voir que nous connaissons notre métier, et sachent au moins à quoi s'en tenir.

Le Warlek fit exécuter cette manœuvre si singulièrement commandée, pendant que Pierrebuff soumettait l'inconnu à un nouvel examen.

— Ah ! diable, notre homme court sous deux voiles, et il ne met pas un pouce de toile de plus. Approche ! approche ! le Warlek, plus vite !...

Le Warlek fit ajouter une petite voile basse.

Que se passait-il à bord de l'*Écureuil* ?

Aussitôt que l'*Émérillon* avait été signalé, Kanigal, qui comme marin était assez loup de mer, avait fait comme Pierrebuff ; il s'était adressé à sa lunette.

— Diable ! diable ! un fin voilier, dans une heure nous l'aurons sur les bras, dit-il à son second.

— Que pensez-vous qu'il soit ? un navire de l'État ?

— Je ne crois pas ; quand ce serait, nos papiers sont en règle, le chargement que nous avons pris à Granville aussi, et pour nous rendre à Bordeaux nous sommes sur notre route. Enfin, qui s'occupe du comte de je ne sais plus qui, comme disait Cancrelat. A propos du ci-devant, a-t-on jeté à la mer tous les effets qui lui appartenaient ?

— Oui.

— Sauf les papiers bien entendu.

— Quels papiers ?

— Mais ses titres de famille.

— On n'en a pas trouvé.

Kanigal parut stupéfait par cette réponse ; puis, après avoir réfléchi profondément pendant quelques secondes, il s'écria :

— Ah! Cancrelat! Cancrelat! je comprends maintenant tes projets.

Et un soupir, ou plutôt un regret, s'échappa de la poitrine de Kanigal. Il ajouta :

— Cancrelat, tu me paieras le tour.

— Quel tour? demanda le second.

— Je me comprends...

Pendant cette conversation l'*Emérillon* avait continué à gagner du terrain.

— Décidément, fit Kanigal, le camarade me fait l'effet d'un hardi navire, et je crois fort qu'il fait au grand jour ce que nous n'osons faire que dans l'ombre.

— Qui donc? demanda le second qui pensait à Cancrelat.

— Le navire que tu vois là-bas, imbécile.

— Alors que fait-il? Que voulez-vous dire ?

— Je veux dire que c'est un pirate, aussi vrai que tu es bête comme un phoque.

— Merci du compliment, capitaine.

— Garde tes remercîments; répondit Kanigal sur un ton bourru.

Il tremblait pour les six cent mille francs qu'il avait à bord; l'équipage, dominé par la même pensée, suivait avec anxiété les moindres mouvements de l'ex-négrier, qu'il savait homme hardi et d'expédients au besoin.

— Que faut-il faire? demanda le second avec timidité; *il avance toujours.*

— Peux-tu l'empêcher d'avancer? répondit Kanigal, en accompagnant sa phrase d'un regard flamboyant.

— Non.

— Eh bien, attendons-le; si c'est un *marchand* nous le pillerons.

— Mais si c'est un...

— Un camarade! nous monterons à son bord et trinquerons avec son équipage... Mais quelle coquille de noix pour filer! termina Kanigal avec admiration, et comme se parlant à lui-même. Je donnerais volontiers ma part des six cent mille francs pour en avoir une pareille. Avec ça, on peut aller au bout du monde; ceux qui sont plus faibles on les bat et ceux qui sont plus forts on les évite.

L'*Emérillon* n'était plus qu'à quelques centaines de brasses de l'*Ecureuil*. On comprend facilement, d'après ce que nous venons de rapporter, que Pierrebuff, quoique ayant fait tous ses efforts, n'avait pas un bien grand mérite à avoir joint celui qu'il cherchait.

Certes, quand il forma son souhait, Kanigal était loin de s'attendre à ce qui le menaçait; il laissa approcher celui qu'il prenait pour un pirate, jusqu'à la distance nécessaire pour s'entendre avec le porte-voix.

Pierrebuff arrivait armé jusqu'aux dents, et ses pierriers chargés.

Kanigal le voyait venir sans crainte; mais avec un regard d'envie.

— Quel navire? cria-t-on de l'*Emérillon*.

— La *Fille-de-l'air*, répondit Kanigal, qui, au dernier moment, eut un pressentiment qui l'empêcha de dire le nom de son navire.

— D'où venez-vous?

— De la Rochelle.

— Où allez-vous?

— A Bordeaux.

— Votre chargement?

— Des grains.

— L'équipage?

— Le patron et cinq hommes.

Les réponses et les demandes avaient été faites sans aucune hésitation et d'un ton ferme.

— Nous serions-nous encore trompés; murmura Pierrebuff.

— Je ne sais, mais quelque chose me dit que non; poussons jusqu'à ce que nous puissions lire sur la quille, le nom du brick.

— Et vous, qui êtes-vous? demanda Kanigal.

— Un instant et je vais te le dire; hurla Patil dans son porte-voix.

Il venait enfin de distinguer le véritable nom du brick-goëlette; il continua :

— Amène toutes tes voiles, ou je te coule bas, en dix minutes.

Pour appuyer cette menace, deux coups de canon retentirent et deux boulets de petit calibre passèrent dans le gréement de l'*Ecureuil*, en trouant quelques voiles et en brisant des cordages.

— Ah ! ah ! le camarade se fâche avant qu'il en soit l'heure; mais il va rire quand je vais lui exhiber mes titres de noblesse; fit Kanigal en riant et presque joyeux de rencontrer ce qu'il appelait un confrère.

— Amène les voiles, dit-il à son second.

Puis il reprit après avoir embouché son porte-voix :

— Je me rends!...

Aussitôt un silence solennel se fit, l'*Emérillon* et l'*Ecureuil* n'étaient qu'à vingt brasses l'un de l'autre.

Le premier mit en panne et descendit à la mer une chaloupe, montée par le Warlek et six matelots bien armés.

A bord du second, Kanigal se faisait apporter son registre de compte.

C'était ce qu'il appelait ses titres de noblesse ; c'est-à-dire un long état très-peu édifiant de ses faits et gestes pendant sa vie de négrier et de pirate.

Inutile de dire qu'en temps ordinaire, ce registre, tenu par Kanigal lui-même, était l'objet le mieux caché à bord.

En l'exhibant, son propriétaire avait la secrète espérance de passer second à bord de l'*Emérillon*, qui l'avait séduit en lui inspirant un profond dégoût pour l'*Ecureuil*, qui, en fait de vélocité, n'était plus qu'une tortue aux yeux du pirate ébahi.

C'était donc avec un sentiment de joie que Kanigal voyait s'approcher la barque qui portait le Warlek et les siens. Ceux-ci furent bientôt sur l'*Ecureuil*.

Kanigal alla au-devant d'eux, le sourire sur les lèvres, ses titres de noblesse sous le bras; et le portefeuille de Georges dans une de ses poches.

— On ne peut se rendre de meilleure grâce; fit le Warlek à Kanigal.

On sait que l'ex-justicier d'aventure aimait parfois à plaisanter.

— On ne saurait mettre plus de procédés en vous arrêtant; répondit Kanigal pour ne pas rester en retour de gracieuseté.

— Excepté les deux petits messagers que le capitaine vous...

— Ah ! vous n'êtes donc pas le capitaine de...

— L'*Emérillon*.

— Un joli nom !

— Qu'il soutient bien ; mais comme vous le disiez à l'instant je ne suis pas le capitaine, et ce dernier vous invite, vous et votre équipage, à passer à son bord.

Kanigal hésita un instant à répondre; mais que faire contre le Warlek et ses six grands diables de matelots, qui ressemblaient à six trophées d'armes vivants.

Il n'y avait qu'à s'incliner jusqu'au bout. Du reste, bien convaincu d'avoir affaire à un pirate, Kanigal avait toujours foi dans la vertu de son registre.

Il s'embarqua donc ainsi que ses cinq hommes dans la chaloupe amenée par le Warlek. Celui-ci laissa trois hommes des siens à bord de l'*Ecureuil* avec ordre de le fouiller minutieusement.

— Et, ajouta-t-il en s'adressant à l'un d'eux à voix basse, vous le coulerez ou le ferez sauter, aussitôt que je vous aurai envoyé un canot pour vous ramener sur l'*Emérillon*.

Dix minutes plus tard, Kanigal était en présence de Pierrebuff, c'est-à-dire de son juge.

Tout l'équipage de l'*Emérillon* était sur le pont et sous les armes. Cet aspect martial et la tenue du navire rassurèrent complètement Kanigal et les siens.

— Nous sommes bien sur un pirate, se disaient-ils à voix basse; et ils nous prennent pour des caboteurs; mais quand ils sauront la vérité...

— Mettez-moi tous ces hommes aux fers, à l'exception de leur chef, fit Pierrebuff à ses matelots.

Ces derniers obéirent, les autres se laissèrent faire en riant.

Cependant ces mots: leur chef avaient mal sonné à l'oreille de Kanigal.

A entendre Pierrebuff, on eût dit un officier de la marine de l'État parlant d'un chef de bandit qu'il allait faire pendre. C'était peu rassurant.

— Maintenant, monsieur, descendez dans ma cabine, fit Pierrebuff à Kanigal.

Celui-ci suivit son guide. Une fois chez lui, Paul ferma la porte, et se retourna vers Kanigal, il lui dit sans préambule:

— Monsieur, il y a deux jours, vous avez lâchement assassiné le comte Georges de Valscel; qu'avez-vous fait de sa femme, de son enfant et de sa fortune?

Et Paul arrêta son regard impérieux sur l'ex-négrier.

Celui-ci était si abasourdi, qu'il pâlit et chancela, mais son émotion fut de courte durée. Il était vigoureusement trempé pour le crime, il eut vite trouvé un moyen de défense.

Quand il eut recouvré toute son assurance, qu'il se sentit assez d'impudence pour soutenir le regard de Pierrebuff, il dit à ce dernier:

— Avant de répondre à votre question, permettez-moi, monsieur, de vous en adresser trois: Qui vous êtes, ce que vous faites, et de quel droit vous venez m'interroger sur le compte d'un homme que la France entière condamne, et dont elle prononce le nom avec une juste horreur.

A cet exorde, Paul eut peine à ne point s'emporter, cependant il se contint et répondit d'une voix calme:

— Monsieur, ici et en ce moment, vous oubliez nos positions respectives, vous changez les rôles, et vous oubliez que c'est à moi seul qu'appartient le droit d'interroger.

— Le droit du plus fort?

— Vous l'avez dit.

— Vous refusez de vous expliquer, alors?

— Vous interrogez encore, monsieur, prenez garde que cette façon d'agir vous coûte cher.

— Que pouvez-vous faire?

— Vous faire pendre à l'une des vergues de l'Emérillon, après vous avoir préalablement fait infliger la torture, pour vous faire avouer ce qu'il m'importe de savoir.

— Me faire pendre! Allons donc! Je...

Kanigal avait commencé cette réponse d'un ton superbe; mais il n'eut pas le temps de l'achever. Pierrebuff s'était dressé d'un élan, il avait posé sa main robuste sur l'épaule du négrier. Enfin ces paroles sifflèrent entre ses dents serrées:

— Lâche!... Assassin! pas un mot de plus.

Un matelot armé entra sur un appel du capitaine.

— Kerlic, lui dit Pierrebuff, cet homme à vue, s'il fait un mouvement, casse-lui la tête d'un coup de pistolet; je vais t'envoyer un de tes camarades, vous l'attacherez et le fouillerez scrupuleusement, et l'un de vous viendra me prévenir, quand ce sera fait.

— Oui, capitaine, répondit le Breton en armant son pistolet et en s'asseyant sur un siège, en face de Kanigal, qu'il coucha en joue.

Grâce au secours d'un second matelot, Kerlic eut bientôt exécuté l'ordre de Pierrebuff; quand celui-ci rentra dans sa cabine, il trouva sur sa table le fameux registre du négrier, et le portefeuille encore intact du comte de Valscel.

Il serra ce dernier, en haussant les épaules et en murmurant d'une voix inintelligible:

— Argent! argent maudit! ce sont bien là les forfaits que tu engendres. Un jour aussi, tu fis de moi un assassin; mais aujourd'hui que je te méprise!..

Paul ouvrit ensuite le registre et en parcourut plusieurs pages à différents endroits.

Le registre renfermait de nombreux passages du genre de ceux-ci:

« Le 10 mai 1824, perdu au jeu, à Saint-Domingue, deux cents « grènes que j'avais achetés au Sénégal.

« Le 11 juin 1825, capturé un navire français chargé de vins « sur les côtes du cap Bonne Espérance; B. LE NA. P. L'ÉQ. »

Les derniers mots signifiaient, autant que Pierrebuff put en juger par leur abréviation:

BRULÉ LE NAVIRE; PENDU L'ÉQUIPAGE.

« Le 25 janvier 1826, près Madagascar, coulé cent nègres, pour « éviter de les voir surpris à bord par un croiseur français, qui « me donnait la chasse, etc., etc. »

Comme on voit, Kanigal entendait très-bien la tenue des livres pour constater ses entrées et ses sorties; il y avait aussi un compte, profit et pertes.

Quand Pierrebuff sans beaucoup se connaître en science héraldique, sut à quoi s'en tenir sur ce que Kanigal appelait ses titres de noblesse, titres qu'il conservait sans doute comme devant lui servir d'états de services, au jour où il serait sans emploi, il plaça le registre à côté du portefeuille, ferma le tiroir à clef, sortit et gagna la cabine, où de son mieux, il avait fait installer la comtesse douairière de Valscel.

Celle-ci se trouvait un peu mieux. En voyant Pierrebuff, elle lui tendit la main.

— Oh! mon Dieu! monsieur, comment vous remercier de ce que vous avez déjà fait pour moi.

— Je n'ai rien fait, madame, que mon devoir; et, en continuant ce que j'ai commencé, je ne ferai encore que mon devoir. J'ai déjà reconquis votre fortune, madame.

— Ma fortune! qu'importe! c'est ma fille et ma petite fille, l'enfant de mon fils, mon fils lui-même que je désire.

— L'assassin de votre fils, l'homme qui vous a fait mettre aux fers, qui a disposé du sort de votre fille et de votre petite fille, est ici...

— Je le sais, mais à bord de son navire vous n'avez rien trouvé?

— Les six cent mille francs seulement.

— Et de mes enfants?

— Nulle trace.

— Oh! mon Dieu!... et nos titres, nos papiers de famille?

— Rien.

— Mais l'assassin où est-il?

— Dans ma cabine.

— Oh! faites-le venir...

Paul sortit pour aller chercher Kanigal, qu'il fit amener par Kerlic auprès de la malade.

La comtesse poussa un cri d'horreur en voyant Kanigal. Celui-ci ne prononça que ce nom:

— Cancrelat! Cancrelat!

Puis, pressé de questions, il raconta les faits tels qu'ils s'étaient passés, en affirmant que le comte n'eût pas été tué si, le premier, il n'avait pas fait feu et tué trois hommes de l'équipage avant d'être blessé.

Pierrebuff vérifia la dire de Kanigal en interrogeant les compagnons du pirate; puis, après avoir coulé l'Écureuil, il donna l'ordre de faire immédiatement route pour la Rochelle.

A la Rochelle, Cancrelat et sa mère furent introuvables à l'endroit de la ville indiqué par le négrier. Depuis la veille, ils avaient disparu tous deux, et une histoire sinistre et curieuse courait sur leur compte: elle prendra place dans ce récit quand Cancrelat, sous son véritable nom, car Cancrelat n'était qu'un surnom de bord, apparaîtra pour jouer le rôle que les événements lui réservent.

Nous ne dépeindrons pas le désespoir de la comtesse. Pierrebuff la calma en lui promettant de ne cesser ses recherches que lorsqu'il aurait retrouvé l'enfant.

Restait à décider du sort des prisonniers.

Paul, en raison de son passé, ne voulut pas en être ni le juge, ni l'arbitre. Il s'arrangea de façon à réunir plusieurs gentilshommes français, amis de M. de Valscel, que la révolution de 1830 avait forcés de se réfugier en Angleterre.

Ce furent eux qui condamnèrent les cinq compagnons de Kanigal à être pendus, et ils le furent.

Quant à Kanigal, à la prière de la douairière, il fut décidé qu'on le laisserait vivre; car lui seul pouvait faire retrouver Cancrelat et, par conséquent, la fille du comte de Valscel.

— Mais qu'en ferez-vous? demanda un des juges.

— Mettez-le hors d'état de nuire et de m'échapper, fit la comtesse avec résolution, et je me charge de lui...

— Vous?

— Oui.

— Comment ferez-vous?

— Je ne sais encore; mais comme je ne veux pas qu'il me quitte, lui, le seul homme qui puisse reconnaître celui qui m'a volé mon enfant, je veux qu'il ne me quitte pas.

On adhéra au désir de la comtesse, et pour empêcher Kanigal de nuire, on le fit estropier des quatre membres, et on le marqua sur les reins, au-dessous de la nuque, avec un fer rouge, de ces mots écrits en toutes lettres :

Pirate, négrier, assassin.

L'amputation des artères, la marque constituèrent un supplice tel que, dans un accès de rage insensée, Kanigal devint presque fou.

Quand il fut guéri, en 1831, Pierrebuff vint installer la comtesse, sous le nom de Nerella, et Kanigal dans les ruines du château des la Trémoille.

En 1833, quand il acheta le domaine, M. de Mérinval, par charité, les y laissa.

Une prétendue sorcière et un fou inoffensif, c'était un effet dans le paysage de sa propriété.

Les six cent mille francs avaient été placés pour servir plus tard de dot à Blanche de Valscel, si on la retrouvait. La comtesse, pour elle et Kanigal, se contentait d'une rente de quinze cents francs. Du reste, Nerella ne nourrissait l'ex-négrier que de pain et d'eau, comme certains prisonniers. Elle ne marchait jamais sans un fin poignard et se tenait toujours sur ses gardes.

Si triste que l'existence fût pour lui, Kanigal tenait trop à la vie pour commettre un crime. En état de folie, ce qui avait lieu les trois quarts du temps, il manifestait presque de l'amitié pour Nerella, parce qu'elle le nourrissait. En état de raison, il semblait la haïr au fond; mais, de fait, il la craignait et la respectait.

Quant aux relations de Nerella et de Pierrebuff, elles avaient complètement cessé en 1833. Ce dernier n'avait voulu s'exposer à se retrouver en présence de M. de Mérinval.

— L'heure de la vengeance n'est pas encore sonnée, s'était-il dit, je sais où le prendre, cela me suffit. Quand j'aurai retrouvé le fils de Josepha, je saurai ce que j'aurai à faire.

Par la famille de Pierrebuff, Nerella était cependant tenue au courant des recherches que celui-ci faisait pour retrouver Blanche. Et quoique ces recherches fussent infructueuses, la comtesse les savait infatigables. De là son attachement, son dévouement et son respect pour le pilote.

V

Comment le père et le fils se tirèrent de l'impasse dramatique.

En 1846, quand, après avoir retrouvé Josepha, Pierrebuff était revenu aux Dunes, peut-être un peu plus tôt qu'il ne l'eût désiré, Nerella avait soixante-onze ans et Kanigal cinquante-sept.

Nerella était une femme de haute taille, sèche, osseuse, alerte, portant la tête haute et fière, comme si elle eût encore eu conscience de sa dignité et de sa noblesse; Kanigal était un être difforme, à face patibulaire. En seize ans, ses membres s'étaient encore retirés, rabougris et contournés. Sans être impotent, il ne marchait pas, il allait; il remuait, mais il remuait comme une masse informe. En lui, il y avait deux natures, en quelque sorte deux hommes bien distincts, comme on le verra bientôt.

En arrivant aux Dunes, Pierrebuff était allé demander asile à Nerella aux ruines; nous ne dirons rien de cette première entrevue. Des ruines, Paul se promettait d'observer Josepha; c'est de là qu'il partait pour jouer son rôle d'*ombre* auprès de son protégé.

Après l'arrestation de Josepha, quand il avait résolu de se servir de Mariana et d'Eve, il s'était décidé à employer Nerella pour lui procurer une entrevue avec la mère et l'amante éplorée du captif.

Nerella avait commencé par observer les allées et venues de la dernière; et bientôt les longues et fréquentes visites à la grotte de Notre-Dame n'avaient plus été un secret pour elle. Elle en remarqua les heures et la durée, et prévint Paul, sans chercher en rien à pénétrer le mystère de sa conduite.

A ses yeux, le capitaine de l'*Emérillon* pouvait-il chercher à commettre une mauvaise action.

— Bien, fit Paul, demain vous observerez et me préviendrez aussitôt que mademoiselle de Mérinval sera dans la grotte.

Le lendemain, Nerella était à son poste, mais à l'heure ordinaire, à peu de chose près au lieu d'Eve, elle vit arriver Carlos.

Aussitôt elle prévint Pierrebuff.

— Diable! se dit le capitaine; me serais-je trompé, et Josepha serait-il trahi par une coquette?

Il courut à la grotte et vit arriver Eve. Le lecteur sait le reste.

Nous le ramenons au moment où le père et le fils sont en face l'un de l'autre, le poignard à la main, et seulement séparés par une porte à demi effondrée.

— Qui êtes-vous? et que voulez-vous? demanda Carlos, en dissimulant son poignard, et en se plaçant devant le trou fait dans la porte, afin que son adversaire ne vît pas Eve étendue inanimée sur le parquet de la bibliothèque.

— Qui je suis? reprit Pierrebuff, peu vous importe! seulement je sais que vous êtes un misérable. Ce que je veux? Porter secours à la femme que vous venez d'assassiner.

A cette réponse, Carlos devint livide.

— Un mot de menace de plus, repartit-il, et je cours fouiller le cœur de cette femme, pour m'assurer si elle vit encore.

— Et moi, si vous quittez cette ouverture, je passe de l'autre côté, et je vous tue comme un chien!

A cette menace Carlos se mordit les lèvres. Plus il regardait la grande, rude et énergique figure du pilote, plus il se sentait dominé par cet homme.

— Que voulez-vous enfin? reprit-il; car cette position n'est plus tenable.

— Je vous l'ai dit; je veux sauver cette femme et vous éviter de commettre un crime.

— Il est bien temps à présent!

— Il est un moyen de nous sortir d'embarras, fit Pierrebuff, comme si une idée subite venait de lui traverser l'esprit.

— Lequel?

— Êtes-vous brave, d'abord?

— Je ne demande qu'à vous le prouver.

— Eh bien, ouvrez cette porte.

— Après?

— Vous avez un couteau, moi un autre; les armes sont égales.

— Un duel! vous avez raison; répondit Carlos, si je vous tue je me débarrasse d'un témoin.

— C'est cela même, et si c'est moi qui vous tue je sauve mademoiselle de Mérinval.

— C'est dit.

Carlos ouvrit la porte.

— Sortez-vous ou dois-je entrer? demanda le pilote à Carlos.

— Comme vous voudrez...

— Alors mettez-vous en garde, je me ferai passage ; au premier choc.

— Allez, fit Carlos, je suis prêt.

— Vous êtes prêt... Et moi aussi !

D'un bond Pierrebuff s'était élancé sur Carlos ; de la main gauche il lui saisit le bras armé et de la droite, avec une adresse rare et comme s'il se fût marqué un but d'avance, il lui fit une large blessure de droite à gauche dans le flanc droit. La pointe de la lame avait glissé entre la troisième et la quatrième côte sans toucher à aucun organe.

Tout bonnement un coup de maître que n'eût pas renié le plus fin des guérilleros espagnols.

Cependant, comme le coup avait été porté très-vigoureusement et que le robuste poing de Pierrebuff avait presque autant fait que la lame de son stylet, Carlos eut un instant la respiration coupée et tomba, ou plutôt s'affaissa sur un genou ; mais, comme il ne pouvait deviner les intentions de Pierrebuff à son égard, il se tenait toujours au moins sur la défensive ; appuyé à terre sur une main, de l'autre il étreignait son poignard de façon à s'en servir contre son ennemi, si celui-ci revenait à la charge pour l'achever.

Mais Pierrebuff se dirigeait déjà vers Ève.

— Halte là, monsieur, lui cria Carlos en essayant de son côté de se traîner vers la jeune fille ; le combat n'est pas fini ! non ! Car ceci est un duel à mort.

— A mort ! répéta Pierrebuff avec un ton d'ironie, mais si je ne veux pas vous tuer ?

— Sans doute pour me livrer à la justice ?

— Loin de moi cette pensée.

— Je ne vous crois pas, venez m'achever.

— Vous achever, pour qui me prenez-vous ?

— Je veux mourir.

— Pensez à vivre pour votre mère.

— Ma mère ! répéta Carlos avec un éclat de rire sardonique.

Pierrebuff se baissa vers Ève qu'il souleva.

— Vous voulez enlever cette femme ? reprit Carlos.

— Oui, elle ne doit pas rester plus longtemps au milieu d'une horde de bandits tels que ceux qui l'entourent.

— Oh ! mais je vous empêcherai bien...

Carlos ne se soutenait plus qu'avec peine ; il essaya pourtant mais en vain de se relever, il retomba.

— Je vais appeler, dit-il à Pierrebuff d'une voix qui ressemblait à un râle.

— Appelez... si vous pouvez.

Voyant que Pierrebuff se préparait à emporter Ève dans ses bras, Carlos voulut jeter un grand cri. Ce fut son dernier effort, il ne parvint qu'à produire un son confus et étouffé, puis il tomba sans connaissance.

VI

Émotion de Pierrebuff.

Pierrebuff tenait Ève dans ses bras ; Ève, le bon ange de Josepha ; d'un pas ferme, l'ancien contrebandier se mit à descendre les rochers couverts de broussailles qui formaient la berge du Scorff ; tout autre que lui eût cent fois roulé dans l'abîme. Mais Gasparo n'était-il pas l'homme de tous les dangers ? Malgré les difficultés de la descente il veillait, avec soin, à préserver le visage et les mains d'Ève du contact des ronces et des épines. Cette enfant, qu'il avait d'abord haïe parce qu'elle était la fille de M. de Mérinval, il l'aimait maintenant depuis qu'il était certain qu'elle aimait Josepha, quoiqu'elle sût qu'il fût le fils d'un supplicié.

Après bien des efforts, bien des transes, mais sans avoir éprouvé un instant le vertige, ni fait un faux pas, Pierrebuff arriva au bord du torrent avec son précieux fardeau.

Il s'assit au bord du fleuve, étendit Ève sur des herbes fines et fleuries, et oubliant pour un moment les soins qu'il se proposait de lui donner, il se mit à la contempler avec une muette admiration.

— O mon Dieu ! qu'elle est belle ! s'écria-t-il ; Josepha, mon enfant, elle sera à toi ; tu seras heureux, je le jure sur la tête de mon père.

Le nom du bien-aimé eut-il le don étrange de ranimer la jeune fille évanouie ? Ce qu'il y a de certain, c'est qu'elle poussa un léger soupir en murmurant :

— Josepha ! Josepha !

— Elle vit ! mon Dieu, merci ; fit Pierrebuff.

Ève ouvrit les yeux.

Gasparo, nous le savons, avait une de ces têtes magnifiques, mais terribles ; en voyant cette tête, Ève ne put retenir un cri d'effroi, qu'elle accompagna de ces mots, balbutiés :

— Où suis-je ?

— Vous êtes en lieu sûr, répondit le pilote.

— Et vous...

— Qui je suis ?

— Oui.

— Le père de Josepha.

Dans sa joie, Paul ne savait plus ce qu'il disait. Il avait voulu dire :

« Celui qui tient lieu de père à Josepha. »

La réponse du pilote avait mis une ride au front d'Ève, et un sourire sur ses lèvres.

Le nom de Josepha avait fait naître le sourire, le mot *père* avait creusé la ride ; puis elle réfléchit et reprit, mais en parlant avec effort, comme si elle allait retomber en défaillance :

— Son père ? je croyais que... il m'a dit cependant...

— Oh ! je me suis trompé, c'est son meilleur ami que j'ai voulu dire.

— Son meilleur ami ! Seriez-vous ?...

— Paul Pierrebuff.

— Oh ! c'est cela ! c'est cela !

Et le beau visage d'Ève s'illumina de joie.

— Mais comment suis-je venue ici ?

— Ne vous souvenez-vous pas ?

— Oh si ! mais un souvenir confus, affreux, horrible ! Un rêve, sans doute !

— Non, mon enfant, ce n'était pas un rêve. Et le sang qui tache votre robe doit vous le dire.

— C'est vrai ; mais attendez ! je me rappelle, car je commence à souffrir ! Alors, quand on frappait à la porte de la grotte ; c'était vous...

— C'était moi ; répondit le pilote.

— Vous m'avez sauvé la vie... l'honneur !... Oh ! mais... mais dites-moi, dites-moi encore, monsieur Pierrebuff, vous êtes bien certain que le père de Josepha était innocent ?

— Je le jure !

— Et vous pourriez le prouver ?

— Oui.

— Oh ! faites-le, monsieur Pierrebuff.

— Si la mort des vrais coupables qui existent encore ne devait pas péniblement affecter Josepha, je le ferais sur-le-champ, répondit Pierrebuff d'une voix sourde.

L'un de ces coupables n'était-ce pas lui, et l'autre, n'était-ce pas le père de cette enfant même qui demandait leur condamnation ?

— Tenez, mademoiselle, parlons d'autre chose, si vous voulez bien, reprit le pilote, nous agiterons bientôt cette grande question avec Josepha. Vos parents vous rendent-ils heureuse ?

— Ils veulent tous que j'épouse cet infâme Carlos !

— Je le sais. Mais cela ne sera pas.

— Oh ! non ! jamais ! jamais ! Mais... Josepha, où est-il ?... Que fait-il ?

Pierrebuff pâlit :

— Elle ne sait rien, pensa-t-il...

— Eh bien ! vous ne me répondez pas, monsieur Pierrebuff, oh ! c'est mal ! vous a-t-il écrit ?... l'avez-vous vu ?...

— Il m'a écrit.

— Oh ! faites-moi voir sa lettre, je vous en prie !

Pierrebuff restait assez embarrassé, quand un incident nouveau lui évita de répondre à cette question. Deux personnes, qui assurément étaient bien éloignées de supposer qu'on les entendait du fond du gouffre, causaient sur l'une des berges; à leurs premières paroles, mademoiselle de Mérinval reconnut la voix de son père.

— C'est inconcevable, disait le comte, comment a-t-elle pu disparaître, et où peut-elle s'être réfugiée?

— On me cherche, fit Ève à Paul.

— Oui, chut, écoutons.

— Qu'elle ait disparu, cela ne m'étonne pas, répondit une voix qu'Ève reconnut pour être celle de dol Mona; après la scène qui s'est sans doute passée dans la grotte, cela ne surprendrait personne; mais ce qui me surpasse, ce sont les résultats si mystérieux de cette scène. Je crois que dans cette affaire, il y a un troisième et invisible personnage qui doit être notre ennemi à tous deux!

— Pourquoi supposez-vous cela?

— A cause du silence obstiné de mon fils.

— Mais vous niez la présence d'Ève dans la grotte, quand il y a été blessé, et moi je suis certain qu'elle y était; ce gant que nous avons trouvé taché de sang...

— Oui, mais penseriez-vous que ce soit Ève qui, avant de fuir, ait blessé Carlos?

— Dame! si...

— C'est impossible, Ève ne portait point d'arme! Enfin que signifierait cette porte à demi rompue, qui atteste qu'on est entré avec violence! Non! non! voici ce qui s'est passé, Ève et Carlos étaient dans la grotte; Ève aura eu peur, et elle aura crié et quelqu'un est intervenu. Cet inconnu a brisé la porte, un combat a eu lieu et nous en savons les résultats: Carlos a été blessé, Ève a disparu. Est-ce clair?

— Oui, mais cet inconnu?

— Qui est l'ennemi de Carlos?.. qui est le nôtre?.. Qui aime Ève?...

— C'est Josepha.

— Sans doute.

— Eh bien! Josepha est en prison!

— Ève voulut s'écrier: «En prison!.., » mais Pierrebuff, en lui fermant la bouche de la main, étouffa le cri.

— Taisez-vous, dit-il à l'oreille de la jeune fille, ou il est perdu et vous aussi!

Le comte et del Mona qui n'avaient fait que passer commençaient à s'éloigner, de sorte que le bruit de leurs voix s'éteignit graduellement.

— Oh! murmura Ève d'un ton de reproche, vous me trompiez, monsieur! Josepha...

— Demain je vous eusse tout dit, mademoiselle, puisque je compte sur vous pour m'aider à le sauver.

— Mais de quoi est-il accusé?

— Ne le savez-vous pas? C'est votre père qui l'accuse d'avoir voulu l'assassiner!

— C'est faux!

— Je le sais bien que c'est faux, Diou biban! mais nous causerons de tout cela, maintenant il s'agit pour nous de sortir de cet abîme...

— Comment y êtes-vous descendu?

— Comme j'ai pu et nous remonterons de même. Mais d'abord, convenons de ces faits. Vous venez avec moi, pour retourner chez vos parents, qui vous empêcheraient de sauver Josepha?

— Oui; car ils m'ont affreusement trompée, dans le seul but de le perdre, parce que je l'aimais.

— Peut-être aussi un peu pour autre chose.

— Pour quoi donc?

— Je me comprends...

— Enfin je vous suis; mais où?

— Aux ruines de la Trémoille.

— Mais mon père m'y trouvera; c'est chez lui.

— Il vous cherchera plus loin; mais pas là.

— Chez qui allons-nous?

— Chez Nerella.

— La sorcière!

— Cela vous répugne-t-il?

— Non, pour sauver Josepha, et avec vous, j'irais au bout du monde.

— Bien, alors partons.

— Je ne pourrai jamais monter!

— Je le sais bien; mais ne suis-je pas là?

Paul prit Ève dans ses bras; celle-ci, quoiqu'en rougissant un peu, et avec une grâce enfantine, enlaça ses deux bras autour du cou nerveux du pilote, et regarda le ciel pour ne pas voir le gouffre qui se creusait derrière elle à mesure que Pierrebuff montait l'escalier de géant.

Malgré sa force, son agilité et son courage, Pierrebuff employa une heure à cette ascension. Il faisait nuit quand il arriva sur le sommet de la berge opposée à celle par laquelle il était descendu.

A cent pas devant lui se dressaient les ruines encore imposantes du château de la Trémoille.

Pierrebuff, portant toujours la jeune fille, ne mit que quelques instants à franchir cette courte distance.

Ils étaient au pied de la vieille tour que Nerella habitait, lorsqu'un vacarme affreux et défiant tout analyse retentit à leurs oreilles.

— Qu'est-ce donc? demanda Ève effrayée à Pierrebuff, qui, sans être épouvanté, lui, paraissait fort surpris.

— Je ne sais;... vous donnez-moi la main et venez, en vous assurant bien de l'endroit où vous posez le pied pour ne pas trébucher sur quelques pierres.

Pour sauver Josepha, elle l'avait dit, Ève était capable de tout; elle satisfit au désir du pilote, et tous deux disparurent par une petite poterne percée dans la vieille tour.

VII

Un concert digne des beaux jours de La Fontaine.

Le souterrain dans lequel Pierrebuff et Ève s'étaient engagés, l'un portant toujours l'autre, était très-étroit; la paroi des murs sur laquelle ils s'appuyaient pour se diriger était raboteuse, comme si les pierres eussent été disjointes entr'elles, faute d'un ciment tombé avec le temps; la voûte était basse, le sol mal uni allait en montant. Il fallait un pied bien sûr et bien robuste pour franchir sans broncher ce véritable dédale.

A mesure que Pierrebuff et Ève s'avançaient dans le souterrain, ils entendaient plus distinctement le bruit étrange qui avait frappé leurs oreilles. C'était comme un rugissement de voix humaines mêlé à des grognements longs, sourds et rauques.

— On dirait le rugissement d'une bête féroce! dit Ève.

— Ne craignez rien, fit Pierrebuff que le bruit inquiétait cependant, car il supposait une révolte de Kanigal contre Nerella, et pensait, qu'après avoir tué la sorcière, le fou poussait à sa manière des cris de triomphe et de joie.

Pressé de voler au secours de celle qu'il considérait comme son amie, d'un bond, Paul se trouva sur la plate-forme, il la traversa en courant et arriva bientôt à une porte qu'il ouvrit, avec une clef qu'il prit dans une cachette connue de lui seul; une porte massive et toute garnie de fer, comme celles des vieux moutiers, grinça sur ses gonds rouillés et donna enfin passage à la belle fugitive et à son sauveur.

Pierrebuff déposa Ève sur un lit; puis, à l'aide d'un briquet, il alluma une bougie placée dans un chandelier rustique et Ève put enfin considérer l'endroit qui désormais devait lui servir de demeure.

Tout le monde a lu des descriptions de ces vastes salles qui composaient les châteaux du moyen âge et qui sont presque passées à l'état légendaire, quoiqu'on en retrouve encore quelques beaux et rares échantillons dans les châteaux de

Fontainebleau, Blois et Chenonceaux. La salle où se trouvait Ève était du genre de celles dont nous parlons. Plafond effondré, sol en débris, restes de peintures contournées, rongés ; débris de tapisserie déchirés, déchiquetés ; ogives sans vitraux, donnant passage à une brise qui sifflait aigrement.

Ève frissonna malgré elle.

— Comment, monsieur Paul, il va me falloir rester ici ? dit-elle au pilote.

— Oui, mon enfant, et ne serez-vous pas mieux ici que chez votre père, où tout le monde cherche à vous pousser dans les bras d'un homme que vous haïssez et qui, aujourd'hui même, rendu furieux par vos dédains, a essayé de vous obtenir par un double crime ?

— C'est vrai, fit Ève.

A ce moment un cri perçant vint rappeler à Paul qu'il avait sans doute à s'interposer entre l'ex-pirate et l'ex-marquise.

— Je vais vous quitter une minute, dit-il à Ève ; il faut que je voie ce qui se passe auprès de nous.

— Allez ; mais ne soyez pas longtemps !

— Non.

Et Pierrebuff se dirigea vers la chambre de Nerella.

La chambre occupée par Nerella était une salle à peu près semblable à celle où Pierrebuff venait de laisser Ève. Cette salle, la sorcière l'avait savamment disposée, pour lui donner un aspect cabalistique. Un chat noir, aux yeux jaunes et brillants, gardait continuellement et, comme s'il s'y fût chauffé, un petit tas de cendres perdu au fond d'une cheminée cyclopéenne, autour de laquelle se serait parfaitement chauffée toute une compagnie de gardes ou de mousquetaires. Un hibou avait pris pour perchoir le dos d'un crocodile, suspendu au plafond par des fils de fer ; un corbeau, posé sur une tête de cheval disséquée, lui faisait pendant. Et le chat, le hibou et le corbeau se jetaient continuellement des regards vraiment étranges. Des têtes de morts, des pierres minérales, des livres gisaient dans tous les coins et sur tous les bahuts. Un fourneau, des cornues, une sphère, des instruments d'astronomie étaient méthodiquement placés çà et là. Une vaste table occupait le centre de cette vaste chambre. Sur cette table une grenouille enfermée dans un bocal ; dessous, un vieux renard qui hochait la tête comme une vieille femme qui file ; des guirlandes de feuilles et d'herbes sèches couraient au plafond, un fauteuil, quelques pliants disséminés un peu partout, un lit ici, une botte de paille éparse à terre là-bas, complétaient l'ameublement de l'asile de la sorcière.

Le lit était pour Nerella, la botte de paille pour Kanigal. Sans doute par méfiance l'un de l'autre, et afin de se tenir toujours prêts à tout événement, le fou et la sorcière couchaient habillés.

En fait de sorcellerie Nerella ne s'occupait guère qu'à penser toujours beaucoup à Blanche sa petite-fille, et à préparer, avec des simples, des remèdes qu'elle donnait gratuitement aux paysans.

Le pilote, profitant de son titre d'ami, entra chez Nerella sans se faire annoncer ni sans frapper. Une scène étrange s'offrit à lui.

Au milieu de cette vaste pièce que nous avons décrite avec toute notre conscience et notre exactitude de chroniqueur, tous ceux qui l'habitaient sortis de leurs habitudes, si calmes d'ordinaire, s'y livraient, hormis Nerella, avec une sorte de rage et d'émulation au plus incroyable des charivaris, au plus effrayant et au plus désagréable des concerts. Le fou criait comme si on l'eût écorché vif. Le renard glapissait, le chat miaulait, le hibou hullulait, le corbeau croassait.

Chose plus étrange encore, les êtres inanimés prenaient eux-mêmes part à cette étrange scène digne du pinceau de Rembrandt et de la plume d'Hoffmann.

Les cornues tombaient et se cassaient avec mille cliquetis qui ressemblaient à des pétillements. Les têtes de morts remuaient, gémissaient. Le crocodile pleurait.

D'où venait cela ? Véritable sorcière, Nerella avait-elle pour un instant tout galvanisé autour d'elle ?

Debout, le front plissé et chargé de menace, les yeux étincelants de colère, les dents serrées par la rage, l'écume aux lèvres, imposante comme la vengeance elle-même, sa main

était armée d'un long fouet qu'elle maniait avec la force et la dextérité d'un postillon de vingt ans. C'étaient les tourbillons, les cercles, les angles, les carrés, les crochets, que décrivait la longue mèche acérée de ce fouet qui produisaient le tohu-bohu et le concert que nous avons dépeints.

Nerella avait-elle juré de casser son mobilier et de tuer tout ce qui respirait autour d'elle ?

Non, elle administrait une correction à Kanigal.

Et la correction était terrible, car la faute commise par Kanigal avait ranimé la haine mal assouvie de la marquise contre l'ancien pirate.

Voici cette faute :

Dans un moment de ses demi-lucidités, Kanigal avait cru reconnaître dans Pierrebuff le terrible capitaine de l'*Émérillon* qui, autrefois, lui avait donné une si jolie chasse, qui s'était terminée par la destruction de l'*Écureuil*, la capture et la pendaison de son équipage. Afin d'éclaircir ses soupçons, le matin même, et pendant que Nerella était allée, d'après l'ordre de Paul, en découverte du côté de la grotte de Notre-Dame, Kanigal avait formé le projet de s'introduire dans la chambre de Pierrebuff, celle où nous avons conduit Ève, et de la fouiller jusqu'à ce qu'il eût trouvé les papiers de l'étranger. Si ces papiers renfermaient le nom de l'*Émérillon*, il n'y avait plus aucun doute à conserver sur l'identité de celui que Nerella appelait Paul simplement.

Le but de Kanigal, en cherchant à découvrir le mystère dont s'entourait Pierrebuff, était de se venger ; car, dans ses moments raisonnables, l'ex-pirate sentait toute sa haine lui revenir contre l'homme qui, bien plus que Nerella, était cause de ses malheurs. Ce n'est pas que Kanigal eût ni pu ni osé s'attaquer au pilote, mais il connaissait un certain Kardel, que nous verrons bientôt apparaître, qui se fût volontiers chargé du crime, parce qu'il avait lui-même un grand intérêt à la disparition du commandant de l'*Émérillon*. Tandis que contre Nerella, ce Kardel n'eût rien fait, mieux encore, il l'eût protégée contre Kanigal, si ce dernier avait jamais eu l'intention de nuire à celle qui le nourrissait ; projet qui n'était, au reste, jamais entré dans sa vile nature.

Pour mettre son projet à exécution, Kanigal devait d'abord trouver la clef de Paul, et ce n'était point chose facile ; car celui-ci, grâce aux recommandations de Nerella, se tenait sur ses gardes. Songer à enfoncer la porte : pour un géant c'eût été déraisonnable, et, dans tous les cas, chose difficile à accomplir. Pour Kanigal, l'impotent, qu'un enfant ou une femme terrassait sans peine, autant eût valu penser à soulever une montagne.

Kanigal revint donc naturellement à l'idée de trouver la clef. Cette clef était énorme : trois fois aussi grosse que la plus grosse clef d'une prison moderne ; il était donc à présumer que Paul ne l'emportait pas avec lui ; d'un autre côté, on ne pouvait la cacher dans un trou de souris. Il s'agissait donc de savoir chercher pour la trouver, car cette clef ne pouvait être qu'à terre, sous quelque grosse pierre tombée des ruines.

Fort de ce raisonnement, Kanigal se mit à retourner toutes les pierres assez grosses pour cacher la bienheureuse clef. Il sua sang et eau à soulever ou à faire tourner une vingtaine de moellons. Enfin, il s'en présenta un qu'il ne put qu'ébranler.

— C'est là ! murmura-t-il.

Et, avec un acharnement digne d'un avare qui cherche un trésor, il se mit à tant et si bien remuer la pierre, qu'il la dérangea de place ; alors un bout de la clef, si ardemment convoitée, lui apparut.

— C'est elle ! je la tiens !... s'écria-t-il en trépignant de joie comme eût fait un enfant.

Aussitôt il courut à la porte, l'ouvrit, s'introduisit dans la chambre de Paul et commença ses recherches.

Mais, malheureusement pour lui, il avait passé beaucoup de temps à découvrir la clef, et Nerella s'étant acquittée de sa mission, comme on l'a vu, rentrait dans les ruines avant qu'il ne fût sorti de la chambre du pilote.

Quand la sorcière vit la porte de Pierrebuff, qu'elle savait absent, ouverte, elle bondit comme une panthère furieuse,

pénétra dans la salle, et surprit Kanigal en flagrant délit d'indiscrétion.

Kanigal, en voyant Nerella, s'enfuit et vint se réfugier sur sa botte de paille.

Nerella referma la porte et attendit la nuit pour punir Kanigal, parce que des paysans travaillant dans les champs voisins des ruines eussent pu entendre les cris de la ménagerie et accourir pour porter secours à Kanigal; mais à la nuit, ce dernier fut réveillé par un violent coup de fouet qui lui retentit peu agréablement aux oreilles. Du même coup, le fou, le renard et le chat furent atteints; plus tard ce fut le tour du hibou, du corbeau et du reste...

On peut facilement s'imaginer, notre explication étant donnée, la scène que l'arrivée de Pierrebuff vint interrompre.

— Que se passe-t-il donc, Nerella? demanda Pierrebuff à la sorcière.

— Je vous le dirai; mais qu'avez-vous? vous semblez tout préoccupé.

— Venez, j'ai besoin de vous.

Quoique à regret, Nerella posa son fouet et sortit de chez elle pour suivre Pierrebuff, après avoir préalablement enfermé l'idiot et ses fantastiques compagnons.

VIII

Pierrebuff à l'œuvre.

Paul et la sorcière étaient sur la plate-forme; ils parlaient bas; on ne pouvait les entendre de l'intérieur d'aucune des deux salles latérales.

— De quoi s'agit-il donc? reprit Nerella.

— De me rendre un grand service, repartit le pilote.

— Lequel?... Ne savez-vous pas que je vous suis toute dévouée.

En quelques paroles, Paul raconta à Nerella les incidents de la journée.

— C'est bien, dit Nerella d'une voix émue; cette enfant, je la garderai, j'aurai soin d'elle, je l'aimerai, je lui tiendrai lieu de mère, parce qu'elle me rappellera l'enfant qui, aujourd'hui, aurait son âge et que j'ai si malheureusement perdue. Où est-elle?...

— Dans la salle aux gardes; chez moi.

— Comment a-t-elle été blessée, d'un coup de feu ou d'un coup de poignard?

— D'un coup de poignard.

— Bien; je rentre chez moi prendre ce qu'il me faut pour le pansement et je la rejoins; mais vous, ne la rejoignez-vous pas aussi?

— Non; j'attendrai sur la plate-forme, moi, enveloppé dans mon manteau.

— Méfiez-vous de Kanigal.

— Vous l'enfermerez.

— C'est juste.

Peu après, Nerella était auprès d'Ève dont elle examina attentivement la blessure.

— Mon enfant, lui dit-elle ensuite en lui faisant un premier pansement, ce ne sera rien. Dans huit jours il n'y paraîtra plus, et dès demain vous pourrez sortir en ayant soin de ne pas déranger cet appareil.

Nerella alla communiquer cette nouvelle à Paul, qui revint aussitôt près d'Ève.

— Ma chère enfant, lui dit-il, vous êtes hors de tout danger, et pouvez même sortir demain; Nerella le dit, et vous pouvez croire Nerella.

— Je le crois; elle me semble si bonne pour moi, monsieur Pierrebuff; mais où voulez-vous en venir?

— Avez-vous toujours bien l'intention de tout faire pour sauver Josepha?

— Pouvez-vous le demander!...

— Eh bien, il n'y a pas une minute à perdre; alors, demain, je vous conduirai à Lorient, nous verrons la sœur Ursule...

— Seule, et avant de vous connaître, c'était déjà mon intention de l'aller voir.

— Et pourquoi? demanda Gasparo étonné, puisque vous ignoriez la captivité de Josepha?

— Parce que, par Josepha, je savais que la sœur Ursule était une des deux personnes qui peuvent attester de l'innocence du père de notre ami; et que je voulais la déterminer à travailler à la réhabilitation d'un innocent.

— Noble enfant! Eh bien, avec sœur Ursule, nous aviserons au moyen de vous faire pénétrer dans le cachot de Josepha.

— Vous feriez cela, monsieur Pierrebuff! s'écria Ève en serrant avec effusion les mains du marin.

— Oui, je le ferai.

— Oh! merci, mon Dieu! merci, merci, monsieur Pierrebuff. Voir Josepha dans son cachot, pouvoir le consoler, le faire espérer, pouvoir lui dire : « Comptez sur moi, au jour du jugement je serai là, et dût ma réputation en souffrir, je rendrai hommage à la vérité! » Quel bonheur!

— Bien, mademoiselle; je n'attendais pas moins de vous, s'écria Pierrebuff. Alors, je n'ai pas un mot à vous dire de plus. Les émotions de la journée, votre blessure, doivent vous rendre un peu de repos nécessaire. Bonsoir! A demain...

— A demain, monsieur Pierrebuff; mais je sens que je ne dormirai pas, j'aurai plutôt un peu de fièvre.

— Soyez tranquille, Paul, dit Nerella; je me charge de cela; nous ferons passer la fièvre comme nous guérirons la blessure.

Nerella tint parole, car, en effet, le lendemain à la pointe du jour, Ève, absolument remise de sa souffrance, quittait les ruines en compagnie de Pierrebuff.

Le pilote portait son costume de pêcheur bas-breton qu'il ne quittait jamais à terre. Quant à Ève, elle avait revêtu un équipement complet de mousse.

Ce fut presque gaîment, tant elle avait confiance dans l'avenir, qu'Ève escalada, avec l'aide du pilote, le mur d'enceinte de la propriété de son père; bientôt nos deux voyageurs se trouvèrent en rase campagne, sur un sentier qui devait les conduire à Lorient, où ils arrivèrent à cinq heures du matin.

Ce n'était pas l'heure de se présenter à l'hospice pour demander à parler à la supérieure.

Afin d'éviter des soupçons, que la beauté d'Ève eût sans doute éveillés dans un hôtel, Paul prit le parti d'aller passer les cinq ou six heures qu'il avait devant lui à la falaise, où sa famille habitait toujours la cabane où nous avons vu le pilote faire ses premières armes dans la carrière maritime.

Paul prit la barque d'un pêcheur de ses amis, qui s'offrait par déférence à le conduire.

— Non, lui répondit le pilote, je suffirai à la voile.

— Et moi je tiendrai la barre, ajouta intrépidement Ève en grossissant sa voix.

Quand on fut en vue de la falaise, ce fut Jean, qui s'apprêtait à monter en canot, qui salua le pilote.

— Bonjour, père! lui cria-t-il du rivage.

— Debout de bonne heure, Jean, c'est bien; c'est d'un bon marin! mais où allais-tu?

— A Lorient, père.

— Ton service t'appelle à l'école?

— Mon père, vous savez bien que je suis encore au moins pour trois mois en débarquement.

— Eh bien! reste avec nous, j'ai besoin de toute la famille.

— Bien, père.

Quand Pierrebuff entra dans la chaumière, Marie et ses trois filles, Berthe, Julie et Jeanne, étaient toutes levées.

— Mademoiselle, dit Pierrebuff à Ève, je vous présente ma famille.

A ce titre de *mademoiselle*, tous les regards se fixèrent sur Ève qui rougit un peu d'être ainsi trahie sous ses habits de mousse.

Pierrebuff reprit :

— Et autant nous sommes ici, autant vous pouvez compter d'amis dévoués; quant à vous, mes enfants, je vous présente la fiancée de notre infortuné Josepha.

— De Josepha! s'écrièrent ensemble les quatre enfants et la femme du pilote.

— Oui; maintenant, Berthe, conduis mademoiselle à ta chambre, elle s'y reposera jusqu'à l'heure où nous repartirons pour Lorient.

Le pilote semblait désirer s'entretenir avec sa famille, Ève, par discrétion plutôt que par fatigue, se rendit à son désir.

A midi Paul, Jean et Ève remontaient en chaloupe; à midi et demi ils étaient à Lorient; et, peu après, quand il se fut séparé de son fils; le pilote, accompagné de mademoiselle de Mérinval, frappait à la porte de l'hospice maritime.

Gasparo et la vieille sœur Ursule se voyaient rarement. « Trop rarement, » disait toujours la bonne supérieure; car c'était avec un léger sentiment d'orgueil (quoique l'orgueil fût un gros péché) qu'elle voyait dans le pilote un pêcheur qu'elle avait converti, une âme qu'elle avait rendue à Dieu, un homme qu'elle avait régénéré.

Entre la sœur et le pilote, il existait une douce familiarité qui, de la part du dernier, avait quelque chose de respectueusement filial. La sœur avait alors soixante-quinze ans. Cette fois cependant, aussitôt qu'il eut pénétré dans l'hospice, Pierrebuff devint profondément soucieux. C'est qu'il ne s'illusionnait pas, ce qu'il allait demander à la sœur lui paraissait monstrueux, que serait-ce aux yeux de la sainte femme?...

Il frappait à la porte de la supérieure.

— Entrez, répondit de l'intérieur une voix encore ferme.

Le capitaine entra suivi de son *mousse*.

En voyant Pierrebuff, le visage de la sœur Ursule s'épanouit; un bon et affectueux sourire entr'ouvrit ses lèvres.

— Tiens, c'est vous, capitaine Paul, dit-elle, quel heureux hasard vous amène.

— Des affaires bien graves, ma sœur.

Le pilote n'avait jamais employé le mot *madame* avec la sœur qui l'avait si bien soigné, et surtout si bien guéri à l'hospice de Pau.

— Des affaires graves, dites-vous?

— Très-graves. Je viens vous parler de Josepha.

— De Josepha?

— Oui.

— Eh bien, il est à bord du *Suffren* où il aura trouvé mon neveu tout disposé en sa faveur.

— Josepha n'est pas à bord du *Suffren*. Il est en prison.

— En prison! Et pourquoi, mon Dieu?

— Il est accusé d'assassinat.

— C'est impossible!

— Il est toujours possible d'accuser quelqu'un. Enfin, voici le fait; mais, d'abord, permettez-moi de vous présenter mademoiselle de Mérinval, qui vous certifiera de l'innocence de Josepha.

La sœur Ursule salua la jeune fille avec bienveillance.

Le pilote s'expliqua vivement, et la sœur fut bientôt au courant de tout. Il ne restait plus qu'à lui dire ce que l'on attendait d'elle.

— Il faut sauver ce malheureux enfant, s'écria-t-elle avec sa bonté habituelle.

— C'est aussi notre avis, répondit Pierrebuff, et pour y parvenir nous avons compté sur vous.

— Que puis-je faire pour lui?

— Beaucoup, ma sœur, et voici comme : Il faut d'abord

que mademoiselle Ève pénètre dans le cachot de Josepha, pour lui dire qu'il fasse usage de la lettre qu'elle lui a écrite, et qu'il dise toute la vérité, qu'elle l'y force s'il le faut, car il est évident que Josepha ne veut pas parler, et ne parlera pas si on ne l'y oblige. Si mademoiselle, de son côté, pour sauvegarder sa réputation, gardait le même silence, le malheureux serait condamné, et, chose horrible à dire, une fois de plus, dans cette famille fatalement vouée au malheur le plus épouvantable, un innocent porterait sa tête sur l'échafaud.

— Bien ! reprit sœur Ursule, bien... mademoiselle agira, et j'agirai de mon côté ; j'irai trouver l'amiral, le préfet maritime, et j'écrirai ce soir même au procureur du roi, à Vannes ; mais...

— Mais ce n'est pas tout encore, ma sœur, interrompit Pierrebuff avec fermeté, il faut que vous fassiez davantage...

— Quoi donc ?

— Au nom de toutes les âmes, y compris la mienne, que vous avez arrachées des griffes de Satan, au nom de tous ceux que j'ai sauvés de la fureur des flots, ma sœur, je vous demande de sauver Josepha. Et, si j'insiste autant, j'ai deux raisons pour le faire : la première, c'est qu'il est innocent, et que vous en êtes convaincue ; la seconde, fouillez vos souvenirs, et rappelez-vous l'affaire du Vieux-Pont...

— Je vous comprends, capitaine ; mais enfin...

— Il faut qu'à Lorient vous fassiez ce que vous avez dit ; puis, qu'au lieu d'écrire à Vannes, vous y alliez, et demandiez à voir le prisonnier.

— Soit ! Mais si on me refuse ?...

— On ne refusera rien à la sœur supérieure de l'hospice maritime de Lorient, qui a connu le prévenu pendant un séjour qu'il fit dans ledit hospice.

— J'irai à Vannes, fit la sœur.

— Et vous n'irez pas seule.

— Comment cela ?

— Mademoiselle vous accompagnera, fit Pierrebuff en désignant Ève ; ne vous ai-je pas dit qu'elle seule pouvait sauver notre protégé.

— Mademoiselle m'accompagner ! s'écria la sœur.

— Et pourquoi pas ?

— Parce qu'on lui refuserait l'entrée, et qu'elle me la ferait immanquablement refuser.

— Comme elle est ou en costume de ville, sans doute, mais quand vous l'aurez habillée en religieuse, elle passera avec vous sans difficulté.

L'audace de la proposition coupa la voix à la sœur supérieure.

— Eh bien ! ma sœur ? reprit imperturbablement Pierrebuff.

— Impossible ! répliqua-t-elle.

— Bien sûr ?

— N'insistez pas, capitaine, je ne consentirai jamais à un tel subterfuge.

— A votre aise, ma sœur. Puisque vous me repoussez quand je vous dis : « il faut sauver Josepha. » Adieu !... Je le sauverai sans vous !

Et se dirigeant vers la porte, le pilote fit signe à Ève de le suivre.

La sœur Ursule avait pâli.

— Capitaine, murmura-t-elle.

— Madame, répondit Pierrebuff.

Une larme pointilla sous les paupières de la vieille sœur, c'était la première fois qu'elle était appelée madame par le sauveur de son neveu, par l'homme dont elle s'attribuait un peu, quoique indirectement, toutes les bonnes actions.

Si cette nature si hardie, si puissante, si calme, en raison du refus qu'elle lui faisait, allait retomber dans le mal. Quels remords pour elle !...

— Mais, si je refuse, qu'allez-vous faire, capitaine ? demanda-t-elle.

— Tout, pour sauver Josepha.

— Mais vous avez donc un moyen ?

— J'en ai un.

— Lequel ?

— Vous tenez à le connaître ?

— Oui.

— Mademoiselle Ève, fit le pilote avec un sourire mélancolique, laissez-nous un instant.

Ève sortit.

— Mon moyen, madame, le voici : — Et Pierrebuff exposa à la sœur le premier projet qu'il avait conçu quand il avait appris l'arrestation de Josepha, c'est-à-dire d'aller se dénoncer lui-même à la justice, en entraînant Mérinval, les del Mona, le Warlek et trois autres matelots de l'*Émérillon* dans sa chute, en déshonorant sa femme et ses enfants, et en forçant la sœur Ursule elle-même à venir témoigner contre lui.

— Vous êtes fou, Paul ! s'écria la sœur ; comment, vous condamneriez ainsi à la mort, au malheur ou à la honte, plus de vingt personnes, y compris votre femme, vos enfants et des amis qui vous sont dévoués ?

— Oui, madame, car Josepha ne doit pas mourir.

— Qui vous dit qu'il sera condamné ?

— Il le sera. Toutes les apparences sont contre lui.

— C'est vrai, murmura la sœur.

— Vous en convenez vous-même... Alors ?

Il y eut un silence, puis d'une voix faible :

— Je ferai ce que vous voulez, dit sœur Ursule.

— Merci, ma sœur.

. . . .

Le soir du même jour, à onze heures, par une nuit épaisse, une voiture sortait de Lorient par la route de Vannes. Le cocher qui la conduisait, c'était Pierrebuff, qui, pour la circonstance, avait changé le porte-voix contre le fouet. La voiture ne renfermait que deux femmes bien enveloppées dans de longues pelisses.

Inutile de dire leurs noms et qualités au lecteur.

IX

Josepha en prison.

L'infortuné Josepha, en passant la petite porte du parc de M. de Mérinval, chez qui, quelques jours auparavant, il avait été reçu avec tant d'affection et d'enthousiasme, s'était laissé arrêter, mettre les menottes et conduire en prison sans faire la moindre observation, sans poser une seule question à ceux qui l'arrêtaient ; qui, naturellement prirent ce mutisme pour un aveu tacite de culpabilité.

Du reste, devant le brigadier de gendarmerie, il n'eût pas fait bon penser haut que M. le comte de Mérinval pouvait se tromper. C'était ce dernier qui l'avait fait appeler aux hautes fonctions qu'il remplissait.

Josepha fut conduit à Lorient, et de là à Vannes, où on le jeta dans un cachot fétide.

Habitué par une vie d'épreuves et de tribulations à toutes les misères de la vie ; victime du préjugé, Josepha était doué d'un sang-froid à toute épreuve, d'un courage stoïque qui ne devait jamais se démentir, d'une volonté ferme, d'une patience infatigable. De plus, et chose étrange, soit dédain, soit bonté de cœur, il n'avait pas pris les hommes en haine.

Bien souvent il s'était dit :

« A leur place, je dirais, et je ferais peut-être comme eux, à l'égard d'un malheureux tel que moi. »

Chassé de l'école, il n'avait pas proféré un murmure.

Quand un gendarme prononça ces mots à son oreille :

« Bon chien chasse de race : c'est le fils *d'un guillotiné*, il devait à l'honneur de sa famille et de son nom, de finir comme son père. »

Il se contenta de rougir ; était-ce d'indignation ? était-ce de honte ?...

Josepha, dans son cabanon, ne s'aperçut d'abord pas de la paille puante sur laquelle il devait se coucher, de l'eau qui croupissait dans sa cruche et qu'il devait boire; du pain noir qu'il devait manger, des ténèbres dans lesquelles il allait, pendant quelques jours, être forcé de vivre. De pareils détails pouvaient-ils occuper un homme de sa trempe?

Il ne pensa que pour mémoire à la terrible accusation qui pesait sur lui. Un moment il vit bien comme un nuage de sang passer devant ses yeux, comme un échafaud dressé au milieu d'une foule, comme une tête rouler sur cet échafaud. Puis, il songea à son père mort innocent, et cette pensée le reconforta et le raccommoda avec l'idée du supplice.

— Le gendarme l'a bien dit, murmura-t-il : Tel père, tel fils ! Je mourrai comme mon père !

Et que m'importe de mourir si je sauve sa réputation à *elle*....

Ève! Ève! que je t'aime! oh! nous aurions pu être si heureux ensemble pourtant!

. . . .

Josepha dormait paisiblement, quand un gardien vint le conduire devant le juge d'instruction. Josepha s'y rendit, sa démarche était ferme, assurée, mais sans arrogance. Celui qui eût connu la position du prévenu eût lu sur son front une détermination bien arrêtée.

Le juge d'instruction était un de ces magistrats intègres, comme la France s'honore à juste titre d'en posséder tant.

Son regard calme, mais profondément instigateur qui semblait avoir déjà fouillé bien des consciences, s'arrêta fixement; mais sans rudesse sur le prévenu, et ce fut d'une voix presque affable, qu'il lui dit :

— Monsieur Marini, où avez-vous passé la nuit du 8 courant?

— Avant de vous répondre, monsieur, permettez-moi de vous dire que je ne me nomme point Marini, mais Josepha, répliqua le jeune homme.

— Je le savais, monsieur, et dans la position de famille où vous êtes, je comprends, sans les approuver toutefois, les motifs qui vous ont engagé à changer de nom, quand après avoir vivement coopéré à sauver la vie à deux personnes, vous fûtes invité par l'une d'elles à passer quelques jours dans son château. Je n'insisterai donc pas sur ce sujet, et me contenterai, monsieur Josepha, de vous renouveler ma question : Où et comment avez-vous passé la nuit du 8 courant?

— Monsieur, répondit Josepha d'une voix ferme, afin de ne pas prolonger cet interrogatoire, je vais vous dire en deux mots ce que ma conscience et mon honneur me permettent de vous dire : je vous jure sur l'honneur, et devant le Christ dont voici l'image, que je suis innocent du crime que l'on m'impute. Quant à expliquer où et comment j'ai passé la nuit dont vous parlez, je ne puis le dire qu'à Dieu.

— Monsieur, reprit le juge d'instruction avec intérêt, je dois vous rappeler la gravité de l'accusation qui pèse sur vous.

— Je la connais, monsieur.

— Je dois ajouter que vous prenez un mauvais mode de défense. Le serment d'un accusé n'est point reçu en justice.

— Je le sais, monsieur.

— Vous devez vous borner à vous défendre.

— Je le fais, monsieur, en protestant de mon innocence.

— Cela ne suffit pas.

— Je n'userai cependant pas d'autres moyens.

— C'est un tort, monsieur, avec vous je veux aller plus loin que mon devoir ne m'y autorise; nous avons sur vous d'excellents renseignements de vos chefs de l'École de Lorient. De plus, le capitaine Paul Pierrebuff, commandant de l'*Émérillon*, rend le plus brillant témoignage de votre conduite dans un sauvetage, dont le résultat fut d'arracher vingt-quatre personnes à une mort affreuse. Dans son certificat, qu'il a fait signer par six des hommes de son équipage, et par six des naufragés sauvés, il fait remarquer que la personne qu'on vous accuse d'avoir tenté d'assassiner vous doit la vie, puisque vous commandiez, comme second, la manœuvre à bord pendant le sauvetage.

— Ami, généreux, lui aussi il est sans doute convaincu de mon innocence, pensa Josepha, avec une douce émotion.

— De sorte que, reprit le juge d'instruction, vous donneriez la moindre explication sur la façon dont vous avez passé la nuit du 8, qu'immédiatement, aussitôt une courte enquête faite, vous seriez mis en liberté.

— Croyez bien, monsieur, que je suis profondément touché de l'intérêt bienveillant dont vous me donnez une si grande preuve; mais je vous le répète, l'honneur et la conscience me défendent d'employer d'autres moyens de défense que ceux que je vous ai dit.

— Tant pis, monsieur; vous me retirez les moyens d'arrêter cette affaire, la justice aura son cours, le jury décidera. Je n'ai plus que le droit de faire des vœux pour vous.

— Merci, monsieur, merci mille fois.

Josepha fut reconduit dans son cachot, où pendant quinze jours il continua, sans murmurer, à coucher sur sa paille puante, à manger son pain noir, à boire son eau croupie.

Il passait son temps, non pas à s'encourager, à persévérer dans sa résolution, elle était inébranlable; mais à penser à Ève, à Pierrebuff, et quelquefois aussi à la bonne sœur Ursule, les trois seuls amis qu'il se connût, mais sur lesquels il ne comptait pas; car il ne voulait accepter d'aucun le dévouement. Josepha, dans ces heures suprêmes, pensa aussi beaucoup à sa mère, et il ne se sentait plus que la force de lui pardonner, malgré tout le mal que Mariana avait fait à son mari et à lui-même.

Souvent aussi il relisait la lettre d'Ève. Cette lettre si courte, si noble, si affectueuse à la fois.

Un jour qu'en pensant à Ève, il se demandait :

— Que fait-elle à cette heure?

Le gardien entra dans son cabanon, et lui dit, avec un ton d'urbanité qu'il n'avait jamais employé jusqu'alors.

— Monsieur Josepha, veuillez me suivre, je vous prie, deux religieuses vous attendent au parloir.

— Et le secret?

— Comme vous avez été interrogé, elles ont obtenu la permission.

Josepha suivit le gardien.

Quelles étaient ces deux religieuses qui l'attendaient? Josepha ne pouvait le comprendre!

En apercevant Ève il demeura comme foudroyé.

— Mon Dieu ! pensa-t-il, elle a déjà renoncé au monde!....

X

Assaut de dévouement.

Et le malheureux qui, un instant avant, n'espérait plus rien que de porter bientôt sa tête sur l'échafaud, s'écria, avec un accent de reproche en s'adressant à la sœur Ursule:

— Ève religieuse! ma sœur, et c'est vous qui me l'amenez ?

— Mademoiselle n'est pas religieuse, mon ami; comment voulez-vous qu'en quinze jours, elle ait eu le temps de faire son noviciat?

— C'est vrai; mais ce vêtement?...

— Ce vêtement, monsieur Josepha, veut dire que je vous tiens parole, et que je viens vous sauver, dit mademoiselle de Mérinval.

— Me sauver, Ève!...

Et Josepha saisit les mains de la jeune fille qu'il eût certes portées à ses lèvres sans la présence de la sœur Ursule, qui regardait cette scène avec un profond attendrissement.

— Écoutez, Josepha, reprit Ève en élevant ses grands et beaux yeux bleus vers le jeune homme, comme si elle eût voulu les mirer dans les siens ; je vous ai dit que je vous aime..... Aujourd'hui je viens vous dire que je veux, entendez-vous, que je veux que vous viviez !

— Mais qui vous dit que je veuille mourir ?

— Vous faites tout pour cela.

— Je ne vous comprends pas.

— Vous ne me comprenez pas ? Il me semble cependant, que dans notre dernière entrevue au château des Dunes, et devant ma mère même, je vous ai dit ce que je ferais si l'on vous faisait arrêter pour un crime que vous n'avez pas commis. Eh bien, je n'ai pas changé d'intention, et je viens vous dire comme il y a quinze jours : « Josepha, mon père a failli être assassiné de 10 à 11 heures du soir, le 8 courant : ce jour-là, à la même heure, vous étiez dans ma chambre auprès de moi ; je vous voyais, je vous parlais, il est donc impossible que vous ayez commis le crime dont on vous accuse. Ce que je vous dis, je vous préviens que, quoi qu'il arrive, je le répéterai devant vos juges.

— Ève ! chère Ève ! vous ne ferez pas cela, car la vie d'un misérable comme moi, dégradé par un crime de famille, ne peut entrer en ligne de compte avec l'honneur d'une jeune fille comme vous ?

— Vous parlez d'honneur, Josepha, et le vôtre ?

— Je n'ai aucun parent qui porte mon nom, personne à qui le laisser : j'appartiens, je ne dirai pas à une race maudite ; car je crois que mon père était innocent...

— Il l'était, fit la sœur Ursule, qui n'avait encore pris aucune part à la conversation.

— Que dites-vous, ma sœur ?

— Que votre père était innocent et que vous devez vivre pour sa réhabilitation.

— Oh ! merci ma sœur, s'écria Ève, en serrant affectueusement les mains à la sœur Ursule ; décidez-le, je vous en conjure...

— Jamais, Ève ! dit Josepha ! je vous aime, et je me considérerais comme un lâche si j'acceptais votre dévouement. Une distance infranchissable nous sépare, nous ne pourrons jamais être l'un à l'autre : car je ne puis m'élever jusqu'à vous, et vous ne pouvez descendre jusqu'à moi. Laissez-moi donc mourir, Ève, et soyez heureuse !...

Ève éclata en sanglots.

— Heureuse ! s'écria-t-elle... vous me souhaitez d'être heureuse et vous voulez mourir, Josepha !... Oh ! mais vous parliez de lâcheté, il n'y a qu'un instant. Mais ne serait-ce pas moi que l'on pourrait traiter de la plus lâche des créatures si je vous abandonnais ! Non... il n'en sera pas ainsi ! Je vous le répète : Dussé-je passer pour votre maîtresse, je parlerai, je parlerai, à la face de tous ; je rendrai hommage à la vérité et si vous ne me soutenez pas, si vous me démentez, eh bien, je n'en serai pas moins déshonorée, comme vous dites... et sans vous avoir servi je tomberai avec vous !

Josepha restait sombre, anéanti.

— Que me répondez-vous ? reprit Ève.

— Je réponds que vous me rendez fou, Ève !

— Fou de joie ?

— Non, fou de désespoir. Écoutez, Ève, me promettez-vous de répondre franchement aux questions que je vais vous faire, quelles qu'elles soient ?

— Oui, répondit résolûment la jeune fille.

— Si j'étais réellement le fils d'un assassin, et que vous ne crussiez pas que mon père est mort innocent, qu'il a été victime d'une erreur de la justice, consentiriez-vous à m'accorder votre main ?

— Non.

— Jusqu'au jour où vous m'avez connu étiez-vous heureuse ?

— Oui ; mais je le suis bien plus depuis que je vous aime !

— Quelle est la fortune de votre père ?

— On l'évalue à deux millions.

— Quelle serait notre position pécuniaire si, sauvé par vous, je vous épousais ?

— Assez précaire, je pense ; mais l'amour et le bonheur nous tiendront lieu de fortune.

— Eh bien, Ève, reprit Josepha d'une voix douce et triste, et en scandant toutes ses paroles, je vous le répète, je veux mourir. Je dois mourir, ma mort est une nécessité.

— Pourquoi ?

— Parce qu'il est possible que mon père ait été réellement coupable, que la justice ait vu juste, et que ce soient Pierrebuff et sœur Ursule qui voient faux.

— En cela vous vous trompez, monsieur Josepha, fit la sœur avec conviction.

— Alors, prouvez-moi l'innocence de mon père.

— Je ne le puis maintenant, ni sans le pilote.

— Alors, ma sœur, laissez-moi continuer : Vous avez toujours été heureuse, Ève, et j'ai fait de votre vie un orage qu'embellit l'amour, dites-vous ; l'amour passe, et je dois vous rendre votre bonheur.

— Mais mon bonheur, c'est d'être à vous.

— L'amour passe, vous ai-je dit ; le jour où vous douteriez de l'innocence de mon père, c'en serait fait du nôtre, et vous regretteriez naturellement les beaux jours de votre enfance, vous me reprocheriez de ne pas vous avoir dit ce que je vous dis aujourd'hui, et d'avoir fait votre malheur. Maintenant établissez un parallèle entre la médiocrité, la gêne, peut-être même la misère que vous auriez à supporter avec moi, pauvre marin, presque toujours loin du toit conjugal, et la vie opulente qui vous attend chez votre père, M. le comte de Mérinval.

A ces derniers mots, un éclair de joie illumina le beau visage de la fausse religieuse. Ces mots venaient de lui suggérer, elle était convaincue, le seul moyen qui pût la faire triompher de l'opiniâtre résistance de Josepha.

— Mais, ami, lui dit-elle de sa voix la plus douce, où voulez-vous en arriver avec tous ces longs raisonnements ?

— A vous démontrer, Ève, que pour vous, pour moi-même, j'ai le droit de dire : « Je veux mourir. »

— Mais comment mourir, puisque je vous sauverai, même malgré vous ?

— Je n'attendrai pas le jour du jugement.

— Un suicide ! malheureux ; s'écria la sœur Ursule.

Quant à Ève, elle avait saisi les deux mains du jeune homme, s'était placée en face de lui, et le regardait avec amour.

— Josepha, lui dit-elle d'une voix que l'émotion rendait tremblante ; regardez-moi bien en face ; et lisez la vérité dans mes yeux. Vous me parlez de mon père ; eh bien ! savez-vous comment j'ai quitté la maison paternelle ?... Dans les bras de votre ami Paul Pierrebuff...

Josepha fit un geste de profond étonnement.

J'étais évanouie et blessée, et sans lui, un misérable m'eût déshonorée ou tuée ! Et mes parents veulent me forcer à épouser ce misérable. Ce sont mes dédains, mes refus, qui l'ont poussé à commettre son double crime, dans la grotte de Notre-Dame, où il m'avait surprise et enfermée ; votre noble et courageux ami fut forcé d'enfoncer la porte pour m'arracher des mains de ce monstre, qu'il surprit le poignard à la main.

Tandis qu'Ève parlait, Josepha s'était transfiguré. Il était livide, ses yeux étincelaient, ses cheveux s'étaient hérissés, les veines de ses tempes s'étaient affreusement gonflées, sa poitrine haletait, ses dents grinçaient.

— Oh ! mon Ève, fit-il d'une voix entrecoupée ; dis-moi quel est le misérable qui a osé porter la main sur toi ?

— A quoi bon, Josepha, puisque vous voulez mourir ?

— Moi ! mourir !...

Ces deux mots sortirent comme un rugissement de la poitrine du marin.

Ève avait vaincu.

— Oh ! tu ne veux pas me le dire, Ève, reprit Josepha avec exaltation ; mais Pierrebuff le sait, et il me le dira ; car il est mon ami ; je cours...

Et il allait s'élancer vers la porte, quand il se souvint qu'il n'était pas libre.

— Ève, mon Ève, dit-il alors à la jeune fille ; je m'humilie.

— Tu feras ce que je vais te demander ?

— Tout...

— Eh bien, Josepha, la blessure, la voici, fit Ève en écartant légèrement sa robe de bure et en montrant au marin la naissance d'une épaule et d'un cou charmant; l'homme, tu dois deviner...

— Carlos?

— Oui.

— L'infâme!

— Maintenant il faut vivre.

— Oh! oui.

— Etre acquitté.

— Oui!

— Et pour cela dire la vérité et te servir de ma lettre au jour du jugement. Oh! je te donnerai l'exemple,

— Je le ferai.

Quelques instants plus tard, en remontant en voiture, mademoiselle de Mérinval disait à Paul:

— Il est sauvé.

Dieu soit loué! l'âme de son pauvre père doit être contente de moi!

Sur cette conclusion, le pilote fouetta ses chevaux et l'on reprit la route de Lorient.

XI

La délation.

Kanigal, ne ressemblant pas en cela au chien, qui oublie les coups pour ne garder que le souvenir des bons traitements, avait été très-sensible à la volée de coups de fouet qu'il avait reçue; et tout en passant la main sur ses épaules endolories, il se promettait bien de se venger; non sur Nerella, il n'eût jamais osé; mais sur l'inconnu, qu'il fût ou ne fût pas le capitaine de l'*Emérillon*, quand il entendit que Nerella l'enfermait.

Cette manière de faire n'était pas dans les habitudes de la sorcière, aussi éveilla-t-elle les soupçons de l'idiot qui, tant par curiosité que poussé par cet instinct qui prévient, sans jamais les tromper, les mauvaises natures qu'elles ont à leur portée une occasion de faire le mal, éprouva un vif désir de pénétrer les secrets de l'étranger et de Nerella.

Après s'être épuisé à chercher le moyen qu'il emploierait pour arriver à son but, le regard de Kanigal se porta vers une des hautes et larges ogives de la salle où il se trouvait.

Ces ogives, assez élevées à l'intérieur, donnaient sur un chemin de ronde aérien, formant balcon, et gardé par un mur percé d'embrasures et de créneaux. C'était là un des moyens de défense du moyen âge, d'étager sur des balcons de ce genre une occasion de faire le mal, autour des forteresses. D'une ogive pour tomber sur le chemin de ronde, Kanigal n'avait qu'un saut à faire et les percements de la salle des gardes donnaient aussi sur ce balcon.

Avant de tenter son aventureuse excursion dont le mobile était une seconde indiscrétion, Kanigal se représenta bien Nerella et son fouet:

— Bah! se dit-il, si elle me surprend en flagrant délit, comme ce matin je lui dirai: Qu'outré de ce qu'elle m'a battu, j'ai formé le projet de m'enfuir.

Ce ne fut pas sans peine cependant que Kanigal arriva au sommet de l'édifice; car il était loin d'avoir l'agilité d'un écureuil. Quand il y fut, tout joyeux: ; orénavant, se dit-il, quand j'aurai à craindre le fouet de la marquise, je viendrai me percher là-dessus; et, du diable! si elle et son maudit instrument parviennent à m'y dénicher.

Kanigal passa par l'ogive, descendit sur le chemin de ronde qu'il suivit, en marchant baissé; il gagna ainsi la fenê-

tre de la salle aux gardes. Au-dessous de lui, à quelques pieds seulement il vit trois personnes.

Deux d'entr'elles n'attirèrent que médiocrement son attention; mais la présence de la troisième, qu'il connaissait parfaitement, lui fit pousser ce cri de surprise:

— Mademoiselle Ève de Mérinval, ici!...

Il resta longtemps à son poste, fut témoin oculaire de la scène que nous avons racontée; mais il n'entendit rien des conventions de mademoiselle de Mérinval et de Pierrebuff, la voix n'arrivait pas jusqu'à lui.

Sachant ce qu'il voulait savoir, Kanigal regagna mystérieusement sa botte de paille, où il s'endormit délicieusement, bercé par des pensées de vengeance.

Le lendemain, délivré de sa captivité, et pendant que le pilote et Ève couraient sur la route de Lorient à Vannes, Kanigal courut au château où se trouvaient réunis M. de Mérinval et del Mona.

Tous deux s'entretenaient de l'objet de leurs plus graves inquiétudes, de la disparition d'Ève; le comte redoutait surtout les révélations dont la jeune fille avait menacé sa mère au sujet de Josepha.

Était-ce pour réaliser ses menaces, qu'Ève avait fui le toit paternel? c'était probable.

Un domestique vint annoncer que le fou des *ruines* demandait à parler sur-le-champ à monsieur le comte.

— Que veut-il?

— Je ne sais.

— Recevez-le toujours, fit del Mona.

— Faites entrer, ordonna le comte.

Kanigal fit majestueusement son entrée dans le cabinet du gentilhomme campagnard; et d'un mot mit du baume dans les cœurs inquiets des deux criminels.

Peu après son entretien avec l'idiot, M. de Mérinval savait où aller pour retrouver sa fille.

M. de Mérinval jeta quelques pièces d'or à Kanigal pour le récompenser de sa délation, puis lui donna l'ordre de retourner aux ruines, afin de surveiller les faits et gestes de ceux qui s'y trouvaient.

Quand les deux complices furent seuls, del Mona dit au comte.

— Qu'est-ce que cet homme et cette Nerella, la sorcière, qui habitent une partie de vos domaines?

— A vous l'avouer franchement, je n'en sais rien.

— Mais surtout, quel est cet homme qui a enlevé Ève, qui a blessé mon fils?

— Ce Kanigal vous l'a dit : il soupçonne que c'est le *pilote de la Manche*, Paul Pierrebuff, lui-même, et je crois que l'idiot a raison, car où avons-nous retrouvé Josepha? à bord de l'*Emérillon*; il est sans doute l'ami du pilote, et quoi d'étonnant à ce que celui-ci, avec le caractère aventureux qu'on lui connaît, ne s'ingère pas de favoriser les amours de son second.

— Mais l'*Emérillon* est à Granville.

— Il y était hier, il y était ce matin; mais qui vous garantit qu'il y sera ce soir, et que Paul, qui, comme marin, ne dépend de personne, soit à bord de son navire?

— C'est vrai.

— Et comme, avec un homme tel que le pilote, nous devons agir avec beaucoup de prudence, je n'ai pas voulu que Kanigal nous conduisit de suite aux ruines.

— Mais quels ménagements avez-vous donc à garder avec Pierrebuff?

— Aucun et, entre nous, je vous dirai même que je ne lui sais aucun gré de m'avoir sauvé la vie.

— Ni moi.

— Mais, j'ai un soupçon.

— Lequel.

— C'est que Pierrebuff s'appelle Gasparo, et c'est avec ce soupçon que j'explique l'intimité existant entre Josepha et lui.

— Gasparo! l'assassin du Vieux-Pont, le père de Carlos! s'écria del Mona, mais ne m'avez-vous pas dit l'avoir tué?

— Je l'ai cru du moins.

— Avec un tel soupçon, je comprends que vous soyez prudent, et vous avez raison; mais, avant tout, il faut le vérifier, car si vous ne vous trompez pas, cet homme à lui seul résume pour nous tout le danger. Non pas qu'il nous livre à la justice, sa tête danserait avec les nôtres ; mais je le connais depuis longtemps, j'ai fait la contrebande avec lui, c'est un lutteur à craindre, surtout pour vous, qui lui avez gagné une première manche.

— Et j'espère bien, grâce à la découverte que je viens de payer quelques louis, lui gagner la seconde ; cette fois je m'arrangerai de façon à ce qu'il ne revienne pas du coup que je lui porterai, fit M. de Mérinval avec son mauvais sourire.

Les deux complices causaient encore, quand le domestique vint prévenir le comte que le fou des ruines demandait à lui parler de nouveau.

— Faites entrer.

Kanigal avait fourni une longue course dans les broussailles, était couvert de sueur et de poussière ; sa figure, ses mains étaient profondément égratignées et ensanglantées à plusieurs places ; ses haillons ne formaient plus qu'une seule loque.

— Que veux-tu ? lui demanda le comte.

— Ils sont partis.

— Partis ! s'écrièrent les deux scélérats en se levant, comme s'ils eussent eu l'intention de courir après les fugitifs.

Mais le comte se remit le premier de son émotion.

— Va, dit-il à Kanigal, en lui jetant quelques pièces d'or, et veille toujours !

— Que pensez-vous de ce départ ? poursuivit le comte s'adressant à del Mona, quand l'idiot se fut éloigné.

— Je reviens à ma première pensée : que c'est à Vannes qu'il faut chercher Ève ; êtes-vous toujours de mon avis ?

— Non, malheureusement pour nous, elle n'est pas à Vannes. Ève n'apparaîtra dans le procès de Josepha qu'au jour du jugement ; jusque-là c'est à bord de l'*Émérillon* même que nous devons la supposer.

— Vous avez sans doute raison ; mais alors l'entreprise devient difficile, et notre partie se complique ; le beau du jeu est dans la main de notre adversaire ; car sur l'*Émérillon*, Pierrebuff est dans une forteresse inexpugnable.

— Qui sait !

XII

Dix jours d'intelligence chez Kanigal.

Phénomène étrange que la science de l'homme avait cependant enfanté !... Les retours de Kanigal à la raison, nous l'avons déjà dit, étaient périodiques et à peu près réguliers. C'était douze jours, un peu plus, un peu moins sur quarante ; mais une fois que l'éclair de l'intelligence avait lui pour l'idiot il ne s'éteignait plus jusqu'à la fin de la période. La raison de l'ex-pirate ressemblait assez à une chandelle qu'on allume ou sur laquelle on pose un éteignoir ; pas de demi-lumière ; ou clarté ou ténèbre sans transition aucune.

Quand il alla trouver M. de Mérinval, Kanigal, depuis deux jours, était dans une de ses phases de lumière, il avait donc devant lui dix jours d'intelligence ; nous allons voir comment il les employa.

Le pilote et sa compagne rentrèrent aux ruines la nuit même qui suivit leur voyage à Vannes. Nerella les attendait dans la salle des gardes. Depuis vingt-quatre heures elle ne savait ce que l'idiot était devenu. Elle pensait que furieux de la correction qu'elle lui avait si largement infligée, il s'était enfui, rompant une fois leur association, et s'était réfugié dans quelque ferme, où on l'emploierait sans doute tant qu'il serait intelligent, quitte à le chasser au premier symptôme d'idiotisme.

Plusieurs fois déjà pareille rupture avait eu lieu entre le fou et la sorcière ; de sorte que celle-ci ayant bien quelques raisons de penser comme elle le faisait, sa quiétude n'avait rien qui ne fût naturel.

Quant à Kanigal, depuis qu'il était espion à gages du comte de Mérinval il se tenait si bien caché sur son chemin de ronde, que sans être vu, il pouvait tout voir, sinon tout entendre.

Aussitôt arrivé le pilote dit à la sorcière :

— Ma bonne Nerella, j'ai encore un service à vous demander.

— Lequel ?

— Maintenant que nos affaires dans le pays sont terminées, je ne trouve pas que nous soyons, Ève surtout, en sûreté ici. Chez moi, à la Falaise, j'aurai pour elle les mêmes craintes. M. de Mérinval, les del Mona, ou leurs agents pourraient facilement l'y découvrir, il faut que demain matin vous preniez la voiture qui fait le service des côtes de Normandie, vous vous arrêterez à Granville, vous prendrez une barque et vous ferez conduire à bord de l'*Émérillon*.

— J'irai, fit Nerella.

— Vous connaissez le Warlek ?

— Très-bien.

— Vous ne vous adresserez qu'à lui seul, et lui direz : « Le Warlek, le patron vous attend à Lorient chez lui, près de la falaise. Que vous n'épargniez pas la toile, ni la sueur de l'équipage, il y va de sa vie.

— Je lui dirai cela.

— Quant au retour, vous reviendrez avec lui ; on vous fera les honneurs de ma cabine.

— Vous tenez à ce que je m'embarque, Pierrebuff ? j'avais cependant juré, depuis la mort de mes pauvres enfants, de ne jamais remettre le pied sur un navire.

— Je vous en prie seulement, Nerella, réfléchissez ; si je ne pouvais me trouver au rendez-vous de la falaise par suite d'un accident, qui amènerait ici le Warlek et mes compagnons pour leur dire : « C'est là que je l'ai quitté. »

— Je reviendrai sur l'*Émérillon*, fit Nerella sans plus d'hésitation.

— A propos, reprit le pilote en s'adressant à Nerella, qu'est donc devenu Kanigal.

— Je l'ai si bien corrigé hier qu'il s'est enfui, il vagabonde dans le pays.

— Tant mieux ! répondit Paul.

S'il eût levé la tête juste en face de lui, dans le coin d'une ogive, il eût vu une masse noire qu'il eût pu reconnaître pour le personnage dont il s'informait plus par prudence que par intérêt pour l'idiot, comme bien on pense.

— Mais comment mangerez-vous en mon absence ? demanda Nerella.

— Voyons, fit le pilote, il vous faut un jour pour aller à Granville. Le Warlek en mettra au moins deux pour venir ici, en tout quatre jours. Demain matin, avant de partir, vous vous munirez de provisions pour quatre jours. Et le quatrième, à minuit, mademoiselle et moi nous serons à la falaise. Que le Warlek ne laisse descendre personne à terre, qu'il ne laisse monter à bord que ma femme et mes enfants, et que tout soit prêt pour filer.

— Je vais donc être mousse pour tout de bon, capitaine ? demanda Ève en souriant.

— Oui, mais vous occuperez à bord la cabine du capitaine.

— Et aussi un peu son cœur, puisqu'il veut bien m'appeler *mon enfant*.

— Oh ! pour le cœur, fit Pierrebuff, il vous est tout dévoué, puisque vous avez sauvé Josepha.

— N'était-ce pas naturel, puisque je...

Ève n'acheva pas et se contenta de rougir.

Le lendemain, tout se passa comme il avait été convenu. Nerella apporta les provisions, puis se rendit à Lorient, afin de prendre la voiture indiquée par Pierrebuff.

Au moment où elle quittait les Dunes, Kanigal entrait dans le cabinet de M. de Mérinval.

— Eh bien ? lui dit le comte.

— Ils sont de retour.

— Tous deux ?

— Oui.

— Diable! ils sont allés à Vannes, et il est peut-être trop tard; mais si ma fille a fait une déposition régulière chez un magistrat, je le saurai par le courrier de onze heures.

— Quelles parties des ruines habitent-ils ? demanda le comte à son espion.

— La salle aux gardes; mademoiselle Ève, habillée en mousse, couche sur un lit, le capitaine, car maintenant je suis certain que c'est lui, couche sur une couverture au travers de la porte, à l'intérieur, avec une paire de pistolets à deux coups et un long poignard tout ouvert auprès de lui.

— Et comment vivent-ils dans les ruines ?

— En partant, la sorcière leur a laissé des provisions pour plusieurs jours.

— Pour plusieurs jours, dis-tu ?

— Oui, s'il faut en juger à la quantité.

Le comte respira en murmurant :

— Nous avons du temps devant nous.

Puis il ajouta en s'adressant à l'idiot :

— Mon ami et moi, avant d'agir, voulons juger des choses par nous-mêmes, aussi est-il urgent que nous allions aux ruines, viens nous prendre ici à minuit.

— Je viendrai, promit Kanigal.

A minuit, le comte et l'armateur, bien armés, attendaient l'idiot près d'une fontaine, comme cela avait été convenu.

Cette fontaine éveilla des souvenirs dans l'esprit du comte.

Il se rappela que, vingt ans plus tôt, comme au jour où nous sommes, il était dans un jardin, le Casino, près d'une fontaine, celle des Aloès, avec quelqu'un qui remplaçait del Mona, Edward de Grodsingel, qui, s'il n'était un complice pour un crime, l'était au moins pour une entreprise illicite, attendant quelqu'un qui n'était pas Kanigal, mais Gasparo.

Et lui, de Mérinval, avait tué ses deux complices, ou du moins avait cru se débarrasser d'eux. En effet, l'un était bien mort, mais l'autre?...

C'était cet autre qu'il allait chercher pour le tuer, et comment? En s'adjoignant de nouveaux complices, que ferait-il de ceux-ci?

Comme le comte se faisait toutes ces réflexions, ainsi que cela était arrivé en 1826, un coup de sifflet se fit entendre, il annonçait l'arrivée de Kanigal.

M. de Mérinval frissonna. Il s'était si bien laissé entraîner par ses souvenirs, qu'il avait cru entendre le coup de sifflet du rude contrebandier; mais l'apparition de l'homme contrefait dissipa ses doutes en le rappelant à la réalité.

— Partons! dit-il à l'Espagnol.

— Partons.

En vingt minutes on fut aux ruines. L'idiot conduisit ses compagnons sur la plate-forme, leur montra la porte de la salle aux gardes, et se contenta de leur dire :

— C'est là, ils ne sont point sortis de la journée, et il en sera probablement ainsi jusqu'au moment où ils partiront.

— Si nous les laissons partir, murmura del Mona entre ses dents.

Il faisait un clair de lune magnifique; autant que possible, nos trois rôdeurs de nuit se tenaient dans l'ombre; où ils étaient, ils se trouvaient à souhait, le bâtiment s'élevait entre eux et la lune; mais l'autre façade des ruines, également percée d'ogives, devait se trouver éclairée en plein.

De Mérinval et del Mona se baissèrent et regardèrent.

Un rayon de la lune, passant par une fenêtre, éclairait parfaitement le lit où était couchée Ève, et allait mourir, en s'élargissant, sur la porte, au travers de laquelle dormait le pilote. Un espace de quelques pas séparait le marin du lit de la jeune fille.

Ève était habillée étendue sur le lit, ses chaussures même n'étaient pas défaites, un épais caban de matelot était jeté sur ses épaules et, montant jusqu'au cou, cachait les bras et le buste en descendant jusqu'aux genoux, mais on voyait parfaitement sa jolie tête, ses longs et beaux cheveux un peu défaits.

Le comte regarda longtemps sa fille dans une muette contemplation, et ne put s'empêcher de murmurer :

— u'elle est belle!

— Vue ainsi, on la prendrait pour un ange, ajouta del Mona, peut-être pour flatter l'orgueil paternel de son ami.

Le comte se retourna vers lui, le regard étincelant de colère, et lui dit d'une voix sourde :

— On la prendrait pour un ange! Que dites-vous, del Mona? Dites que c'est un ange, car c'est nous qui sommes les démons, et vous le savez bien.

— Vous m'avez mal compris, j'ai parlé au figuré.

— Et puis, vous avez raison, del Mona, continua M. de Mérinval en baissant la voix; cette enfant n'est pas un ange, puisqu'elle travaille à la ruine de son père; mais malheur à elle! Josepha n'est pas encore libre. Quant à Gasparo, dans quarante-huit heures...

Et le comte n'acheva pas d'énoncer sa pensée.

— Il est là-bas, voyez, fit del Mona.

— Oui, je le vois; mais comment arriver jusqu'à lui ?

— Descendre par ces fenêtres, c'est furieusement périlleux, si on le réveille; et un marin ne dort jamais bien profondément; le nôtre, sans crier qui vive, est un homme à tuer n'importe qui.

— Vous pouvez y compter, fit Kanigal.

— Que dis-tu ? demanda le comte.

— Je dis que vous avez raison, que le capitaine se réveillant ne ferait pas une bouchée.

— Tu connais donc le pilote ?

— Oh! oui, répondit Kanigal avec un accent étrange.

— Que t'a-t-il fait ?

— Je ne veux pas vous le dire ici; il est trop près!

— Tu le crains donc bien ?

— Oh! oui; mais moins quand il est à terre que sur son navire.

— Pourquoi ?

— Parce qu'à terre c'est un homme; et on peut le tuer comme un autre, répondit sourdement Kanigal, qui croyait que le comte et son ami ne voulaient que reprendre Ève qu'il se figurait être la maîtresse du pilote.

— Et à son bord ? demanda le comte.

— A son bord, quand il a son petit caban bleu, c'est le diable.

— Et il y a longtemps que tu connais le capitaine ?

— Depuis 1830.

Le comte et l'Espagnol échangèrent un regard qui signifiait :

— Nous tromperions-nous, ne serait-ce pas Gasparo ?

Del Mona reprit :

— Où sont les provisions ?

— Là, dans ce coin, deux grands paniers, répondit Kanigal, et ces deux paniers avec leurs grandes anses m'ont suggéré une idée, à moi qui n'en veux qu'au pilote.

— Laquelle ? demandèrent vivement les deux complices.

— Avez-vous un fort crochet; une corde et du poison ?

— On peut trouver tout cela.

— Autant que possible, il faudrait un de ces crochets dont on se sert pour retirer les seaux des puits.

— Rien n'est plus facile à trouver, fit le comte; partons, j'ai compris l'idée de Kanigal; et vous del Mona ?

— Moi aussi, partons, nous reviendrons demain avec ce qu'il faut.

— Et tout ira bien.

— Espérons-le; termina Kanigal.

— Et ton histoire ?

— Demain soir à pareille heure, ici.

— Bien.

Tout en devisant de la sorte, les trois scélérats avaient quitté le chemin de ronde et étaient rentrés dans les parties basses des ruines.

— Que faisons-nous ? demanda del Mona au comte quand ils furent seuls.

— Quoique ce soit un peu humiliant, faute de mieux nous suivrons le plan de cette bête brute, que la vengeance passionne au point de lui donner de l'intelligence. Seulement, au lieu de lui donner du poison nous lui donnerons un soporifique; car, après tout, je ne veux pas empoisonner ma fille, qui partage les vivres de notre ennemi.

— Vous avez raison.

Le lendemain, à la même heure, les trois complices se trouvaient réunis auprès de l'ogive où ils étaient la veille. Cette fois, ils avaient tout ce qui leur était nécessaire.

Le comte déroula une longue et forte ficelle.

— Voilà, dit-il à Kanigal.

— Et voici, fit del Mona en remettant à l'idiot un crochet à triple branche.

— Dans cinq minutes nous aurons la cave de notre homme, et après nous verrons à lui faire forcément mettre un peu d'eau dans son vin; répondit l'ex-pirate en ajustant le crochet après la corde.

De Mérinval et del Mona échangèrent un regard, et l'Espagnol dit au comte à voix basse :

— Un idiot qui me fait tout l'effet d'un fieffé coquin, que ce Kanigal.

Celui-ci ayant ajusté et consolidé sa corde et son crochet s'était couché à terre, et avait risqué une partie de son individu dans la chambre aux gardes, en la passant par l'ogive. Quoiqu'il n'exposât que sa tête, son cou et ses bras aux balles du pilote, tout en regardant d'un œil le panier chargé de bouteilles qu'il voulait enlever, son autre œil était ardemment fixé sur le capitaine de l'Émerillon, dont l'arsenal l'effrayait plus qu'on ne saurait dire.

Enfin le panier fut accroché, c'était, on en conviendra, chose facile à faire, et avec une infinité de précautions l'idiot le remonta jusqu'à la hauteur de l'ogive ; là, il s'en empara, le posa au chemin de ronde et dit au comte :

— Voilà, pardonnez-moi de vous avoir fait attendre ; mais ce diable d'homme, avec ses pistolets, occupait une partie de mon attention.

Le panier contenait encore quatre bouteilles pleines et non cachetées. On les déboucha, et le comte substitua quelques gouttes de laudanum à quelques gouttes de vin, puis les bouteilles furent rebouchées, et le panier redescendu à la place d'où on l'avait tiré.

— Voilà le tour, fit Kanigal, maintenant que nous avons amorcé, le poisson ne peut manquer de mordre, demain nous viendrons voir s'il est pris ; partons, messieurs, car je vous ai promis une histoire et je tiens à vous la raconter.

Les trois complices gagnèrent le bois, s'assirent au pied d'un arbre, et Kanigal raconta à ses adversaires sa vie de négrier et de pirate ; une histoire que le lecteur connaît.

— Ainsi Nerella est la marquise douairière de Valscel ? lui demanda le comte quand il eut terminé.

— Précisément.

— Et ce Cancrelat, qu'est-il devenu ?

— Un faussaire sous le nom de Kardel, je suis au mieux avec lui.

— Et l'enfant, Blanche de Valscel ?

— C'est notre secret. Kardel et moi nous comptons bien, avant peu, donner l'enfant contre les six cent mille francs. C'est pourquoi nous prions Dieu de compter de longs jours à Nerella.

— Mais comment pourras-tu jouir de cette fortune tu es idiot.

— Je ne suis idiot que vingt-huit jours sur quarante, le reste du temps, je ne raisonne pas trop mal, comme vous pouvez voir ; répondit Kanigal avec une nuance d'orgueil marquée.

— Mais pourquoi n'opérez-vous pas l'échange tout de suite, l'enfant contre le demi-million.

D'abord, parce que ce pilote nous fait une peur de tous les diables; ensuite, parce que nous n'avons pas l'enfant.

— Comment vous n'avez pas l'enfant?

— Non, Kardel dans un moment de gêne l'a mise au Mont-de-Piété.

Les deux bandits échangèrent un regard comme pour se dire : « Définitivement il est fou. »

— Je m'explique mal et vous ne me comprenez pas, reprit Kanigal. Je veux dire que la petite, et une certaine partie des papiers, sont à Brest, chez un Juif qui, contre le *nantissement*, a avancé cinq mille francs, à la condition que Kardel reconnaîtrait en devoir dix mille.

— Et vous voudriez retirer l'enfant? demanda le comte après un moment de réflexion.

— Nécessairement.

— Eh bien, je vous en fournirai les moyens, fais venir ton ami Kardel.

— De quoi s'agit-il d'abord?

— D'un simple faux sur papier libre.

— Libre ou timbré, le papier supporte ce qu'on veut lui faire supporter, et Kardel se chargera de votre affaire ; je lui écrirai demain matin qu'il vienne au plus vite, que ça presse.

— Tu sais donc écrire?

— Dans mes moments de raison, j'écris mieux que je ne raisonne.

— Ce n'est pas peu dire.

— Vous êtes bien bon; mais moi, quelle sera ma part de travail, pour que nous gagnions les dix mille francs bien à nous deux Kardel ?

— Tu seras chargé de garder une jeune fille dans un lieu sûr, en état de raison ou non, tu te chargeras bien de cela, tu n'auras qu'à lui donner sa nourriture, qu'on te fournira au château censé pour toi, et à titre d'aumône; je donnerai des ordres en conséquence; et...

— Et à empêcher qu'elle ne se sauve; cela va sans le dire; fou ou non je ferai tout cela, et de plus, muet comme une tombe.

— C'est une qualité essentielle.

— Je l'ai.

— Mais où garderai-je cette jeune fille?

— Je ne sais.

— Si vous voulez, j'ai un endroit bien sûr à vous offrir.

— Où?

— Ici, de cette façon vous auriez votre prisonnière sous la main.

— Qu'est-ce que c'est?

— Une ancienne oubliette, que personne ne connaît, pas même Nerella; on n'y voit point; mais en l'éclairant et en l'arrangeant un peu, on en ferait un endroit très-habitable.

— Est-ce loin?

— Non, à deux pas.

— Fais-nous la voir, conduis-nous.

Kanigal fit rentrer ses compagnons dans les ruines, et les conduisit à une grande tour complètement démantelée et faisant brèche de tous côtés, il les fit pénétrer dans cette tour, releva et écarta une épaisse broussaille, et leur montra un trou de forme irrégulière.

— C'est là qu'il faut descendre pour aller à mon oubliette.

— Est-ce profond?

— Non, à hauteur d'homme; puis, on descend par un souterrain, étroit, peu élevé et en pente jusqu'à l'oubliette.

— J'ai ma lanterne sourde, fit del Mona.

— Allumez-la.

La lanterne fut allumée et les trois hommes s'engagèrent dans le trou d'abord, et dans le souterrain ensuite. Après avoir marché vingt pas, Kanigal dit :

— C'est là.

Le comte et l'Espagnol ne voyaient rien.

Kanigal se baissa, enleva du sol un caillou, gros comme le poing; puis, frappa avec ce caillou à l'endroit même où il

l'avait pris. Le ressort joua, et une pierre, disposée exprès dans la paroi, tourna et laissa un vide d'un mètre carré.

Le comte et l'Espagnol regardèrent par cette ouverture, ils virent une grotte assez spacieuse, haute de voûte et parfaitement sèche.

— Ça fait-il votre affaire? demanda Kanigal.

— Parfaitement; mais comment as-tu trouvé cette grotte?

— Un hasard, un jour Nerella m'avait battu ; car il est bon que vous sachiez qu'elle me bat comme un chien; sans cela, je lui eusse peut-être fait rendre sa fille pour cinq cent cinquante mille francs : pour fuir ses mauvais traitements, je me réfugiai dans ce souterrain. Mon pied porta sur le caillou, qui lui-même pressa le ressort. Jugez de ma surprise quand je vis tourner cette pierre!

— Mais comment refermer?

— En appuyant; c'est-à-dire en frappant de nouveau sur le ressort.

En disant cela, Kanigal fit que la pierre reprit sa place.

On sortit du souterrain, et sur le point de se quitter l'idiot dit au comte :

— Quand expédions-nous l'homme? car je suppose, que pour ne point tuer votre fille, vous ne leur avez pas donné du poison.

— Tu es bien pressé.

— Dam ! oui, lui mort, Kardel et moi, nous pouvons nous occuper de *nos* six cent mille francs.

— *Vos*, dis-tu? fit le comte en riant.

— Mais oui, puisque je les ai déjà tenus une fois.

— Eh bien, demain, à minuit, trouve-toi près de l'Ogive.

— J'y serai.

XIII

L'homme à la main sanglante.

Le lendemain matin de la nuit où une main criminelle avait mêlé un soporifique pernicieux et puissant à sa boisson, Gasparo, comme les autres jours, se leva de bonne heure et alla sur la plate-forme fumer quelques cigarettes, la seule habitude qu'il eût conservée de sa vie d'autrefois.

Ce matin-là, sans qu'il pût trop s'expliquer pourquoi, le marin était sombre; habitué à une vie si active il s'ennuyait d'être condamné à un repos forcé. L'exiguïté des ruines, qu'il regardait comme une prison, lui rappelait-elle cruellement les deux immensités entre lesquelles il était habitué à passer sa vie, le ciel et l'Océan, au milieu desquels l'*Émérillon* passait aussi légèrement qu'une mouette.

Couché dans l'herbe, s'il jetait un regard vers son passé, ce passé lui produisait l'effet d'un mauvais livre sur un esprit délicat, et afin de poursuivre notre comparaison, disons que pour lui, son présent était le livre qui ennuie; son avenir, le livre qui effraie.

Ces réflexions n'étaient donc pas des plus gaies, quand Eve vint lui frapper sur l'épaule en s'asseyant à côté de lui.

— Dites-moi, capitaine (elle s'était habituée à donner ce nom au pilote), savez-vous qu'il y a cinq grandes minutes que je suis là, debout près de vous sans que vous me voyiez? Prenez garde! si vous continuez, Eve vous boudera pendant toute la traversée que nous allons faire. Mais qu'avez-vous? vous paraissez tout attristé?

Et la jeune fille prit la main du pilote.

— Mon enfant, répondit Pierrebuff, j'ai fait un rêve.

— Qui n'en fait pas? moi aussi j'en ai fait un.

— Qui vous rend gaie?

— Oui, et le vôtre vous rend triste.

— Ce n'est pas de la tristesse, c'est de l'effroi.

— Comment un homme comme vous, vous effrayer pour un rêve!

— Oh! mon rêve n'est pas un rêve ordinaire.

— A défaut de bonne raison on le dit toujours cela.

— Ce rêve, mademoiselle, je l'ai fait il y a vingt ans.

— Qu'est-ce que cela prouve?

— Cela prouve, que le lendemain du jour où je fis ce rêve, un homme, à qui je venais de serrer la main, essaya de m'assassiner. Tenez, vous voyez cette cicatrice qui me laboure le front?

— Oui.

— Eh bien! c'est la trace du coup de pistolet qu'il m'a tiré pour me brûler la cervelle.

— Mais quel rapport...

— Quel rapport! mademoiselle, mais cette nuit j'ai fait le rêve, et je sais que l'homme d'il y a vingt ans existe, je sais où il est, et il n'est pas loin.

— Au château?

— Oui.

— Del Mona? demanda Eve, sans penser à son père.

— Peut-être!

— Mais voyons, ce rêve? Contez.

— Ce ne sera pas long, il y a vingt ans, juste dans le mois où nous sommes, la date exacte je ne me la rappelle pas, je complotais une mauvaise action avec l'homme dont je vous parle...

— D'abord, fit Eve, en interrompant Pierrebuff, vous direz ce que vous voudrez; mais vous ne me ferez jamais croire que vous avez conçu le projet de commettre une mauvaise action.

— Cependant cela est, un soir donc, je quittais mon complice, nous devions nous retrouver le lendemain, à l'endroit même où le crime...

— C'est cela, mettez crime maintenant, interrompit Eve.

Pierrebuff rougit légèrement et se mordit les lèvres, il avait prononcé le mot crime, sans le vouloir, il reprit:

— Où la faute devait être commise.

— A la bonne heure, comme ça je comprends.

— Pour gagner l'endroit désigné d'avance, continua Pierrebuff, j'avais plusieurs lieues à faire; mais j'avais le temps devant moi. Je me mis en route, et cependant, toute la journée déjà, j'avais parcouru un pays de montagnes et de forêts. Vers le minuit, j'arrivai au lieu du rendez-vous qui était fixé à neuf heures du matin pour le lendemain.

Épuisé de fatigue, je m'étendis au pied d'un arbre et m'endormis, je ne saurais vous dire depuis combien de temps je dormais, quand en rêvant, je vis s'ouvrir le feuillage du bois; entre ce feuillage, un homme glissa comme une ombre et vint jusqu'à moi, je le vis se pencher à mon oreille, puis il me dit:

— Me connais-tu?

— Oui, lui répondis-je (c'était le complice que j'attendais).

— Eh bien! ta main en signe d'amitié.

Je fis ce qu'il voulait, il me prit la main et me la serra avec tant de violence que mes veines se rompirent, et mon sang coula, sans que mon complice me laissât aller, jusqu'à ce que je mourusse. Alors, l'homme de sa main sanglante me fit une croix au front, puis se retira et je me réveillai.

— C'est déjà fini, fit Eve.

— Le rêve oui, la réalité non; le lendemain, juste à l'endroit où la croix m'avait été faite au front, je recevais la balle dont je vous ai parlé.

Quoique impressionnée, Eve voulut faire acte d'incrédulité et de courage, ne fût-ce que pour arracher le pilote à l'accès de tristesse qui semblait le dominer; elle lui demanda en souriant:

— Et vous avez revu l'homme à la main sanglante?

— Oui.

— Et où a-t-il fait la croix?

— Bien près du cœur, Eve (c'était la première fois que le pilote se permettait d'appeler la jeune fille par son nom de baptême simplement), reprit Pierrebuff d'une voix grave, et je crains bien pour Josepha et pour vous, qu'avant peu vous n'ayez plus l'ami qui vous aime comme ses enfants.

Le ton grave et ces mots: *bien près du cœur* firent frissonner Eve; elle ne songea plus à plaisanter, et dit à Pierrebuff:

— Alors, fuyons ces ruines.

— Attendons la nuit.

— Où irons-nous?

— A la falaise.

— C'est cela, nous partirons dès ce soir.

— Oui, à minuit, et du diable si d'ici là il nous arrive malheur! fit Pierrebuff en se levant, et en recouvrant toute son énergie. Tenez, Eve, mon enfant, oubliez le vilain conte que je vous ai fait et qui vous a sans doute effrayée. Triple brute que je suis, *Diou biban!* aller raconter des sornettes comme ça à une enfant, comme si je n'étais pas assez grand pour *cuver* seul mes moments de tristesse!

— Bravo! capitaine, fit Eve; je vous avoue que je vous aime mieux comme ça. Tenez, vos sornettes, comme vous dites, m'ont si peu effrayée, qu'en dînant, je veux boire à votre rêve et à l'homme à la main sanglante.

— Si elle savait que c'est son père! pensa Pierrebuff.

— Rentrons-nous, capitaine? demanda Eve.

— Pourquoi, n'avons-nous pas le temps d'être enfermés?

— Oh! si; mais c'est qu'avec toutes vos rêveries vous avez laissé passer l'heure du déjeuner, qu'il est quatre heures et que j'ai faim.

— Rentrons, alors.

— Non, faisons mieux, dînons ici.

— Volontiers, fit Pierrebuff; car j'aime autant avoir pour horizon cette belle plaine, qu'on appelle l'Océan, que les quatre murs de cette maudite chambre aux gardes.

— Nous ne risquons rien au moins, objecta encore Eve.

— Non, et je cours chercher le dîner.

— Je vais vous aider.

Après être restés dans la salle aux gardes, Pierrebuff et Eve en sortirent, chargés de leur dîner.

Un peu de viande froide pour Eve, des fruits et du fromage pour le pilote. Le pain et le vin seuls ne faisaient pas défaut.

Nerella, avant son départ, n'avait pas eu le temps d'aller jusqu'à Lorient pour approvisionner ses amis, un paysan du voisinage lui avait fourni le peu qu'elle leur avait laissé.

On se mit à table: pendant leur frugal repas, Eve ne but qu'un *doigt* de vin délayé dans un grand verre d'eau. Pierrebuff, tout être vertueux qu'il était, suivant son expression, sans s'enivrer, n'avait cependant jamais *craché* sur un verre de vin. Ce soir-là, le pain était dur, les fruits un peu gâtés, le pilote ne raffolait pas du fromage; il eut une *trempée* pour donner plus de souplesse à son pain et acheva la bouteille, tout en acceptant le toast de boire à la santé de l'homme à la main sanglante, porté par Eve.

Immédiatement après dîner, le pilote se sentit plus gai que de coutume: il pensait que dans la nuit il reverrait sa famille et peut-être tout *son monde*, c'est-à-dire l'équipage de l'*Émérillon*; car Pierrebuff avait remarqué que son lougre avait eu continuellement un vent des plus favorables.

Ce fut donc avec joie qu'il alluma sa cigarette, qu'il fuma avec délices, il lui semblait que la fumée montait plus coquettement que de coutume en spirales vers le ciel.

Rêve d'opium déjà peut-être!

XIV

Deux coups de poignard.

Après une cigarette, le pilote en fuma une seconde, puis une troisième; jusqu'à sept heures, il causa avec Eve; mais alors lui, qui habituellement ne dormait que fort peu, il se plaignit d'avoir la tête lourde.

— Ève, mon enfant, dit-il à la jeune fille, si vous voulez nous allons rentrer.

— Vous sentez-vous indisposé, capitaine? demanda Ève.

— Oh! non, deux ou trois heures de sommeil suffiront à me remettre. J'ai mal dormi la nuit dernière avec ce vilain cauchemar, répondit Pierrebuff.

— Eh bien rentrons, fit Ève.

Pierrebuff et mademoiselle de Mérinval rentrèrent dans la salle aux gardes; le premier ferma soigneusement la porte; puis chacun se coucha : c'est-à-dire qu'Ève se jeta sur le lit, et Pierrebuff, enveloppé dans son manteau, s'étendit sur sa couverture.

Dix minutes plus tard il dormait d'un sommeil de plomb, ses armes désormais inutiles, à ses côtés.

Ève, qui n'avait en quelque sorte pas bu de vin, n'avait nullement envie de dormir. Ce qu'elle avait pris de laudanum était si peu de chose, délayé dans tant d'eau, que la dose ne produisit aucun effet. Au contraire, très-inquiète sur l'état de son généreux protecteur, l'inquiétude et l'angoisse la tenaient dans un état de veille complète. Seule, en quelque sorte dans cette immense salle aux gardes, elle s'effraya, l'histoire de l'homme à la main sanglante lui revenant à l'esprit, ainsi que les craintes manifestées par Pierrebuff, elle eut peur; et sans oser se lever de son lit, elle appela :

— Capitaine! capitaine!

Pareille chose était déjà arrivée plusieurs fois, et toujours Pierrebuff s'était aussitôt éveillé.

Cette fois, le capitaine dormait sans doute bien profondément, car il ne se réveilla pas. En prêtant l'oreille Ève n'entendait même pas le bruit de la respiration du dormeur.

Elle vint près du marin et le secoua d'abord doucement, puis aussi rudement qu'elle put en l'appelant :

— Capitaine!... monsieur Paul!... capitaine!...

Et la voix d'Ève s'élevait graduellement, comme les secousses qu'elle donnait au corps de Pierrebuff augmentaient.

Quoi qu'elle fit, Ève ne put tirer le pilote du profond sommeil dans lequel il était plongé. Cependant il ne semblait pas souffrir. Son sommeil n'en était pas moins effrayant et moins naturel; Ève commença à avoir un soupçon. La présence de del Mona, qu'elle prenait pour l'homme à la main sanglante qui avait failli une fois déjà assassiner Pierrebuff, était loin de la rassurer.

— Cet homme est capable de tout, se dit-elle; n'aurait-il pas pénétré ici?

Du côté de la porte il n'y avait rien à craindre; Ève se tourna du côté des ogives.

Son mouvement avait été brusque, elle eut le temps de voir à l'une de ces ogives une forme humaine qui se retira vivement, et qu'elle n'eut pas le temps de reconnaître.

— Oh! mon Dieu, s'écria Ève avec désespoir; je comprends tout maintenant, l'ogive... l'homme à la main sanglante... le panier au vin... peut-être ai-je encore le temps de le sauver, il faut le réveiller.

Elle prit Pierrebuff par un bras, le secoua avec violence. Avec une force convulsive que lui donnaient l'émotion et le désespoir, Ève parvint à soulever la tête et le haut du corps du capitaine; mais elle ne put parvenir à le mettre debout. Épuisée, elle le laissa retomber en murmurant avec un découragement qui avait quelque chose de terrible et de navrant :

— Il ne se réveillera pas!... il est perdu!... ils le tueront... la croix près du cœur!... Mon Dieu! sauvez-le, je vous en supplie.

Ève vit tout à coup les armes de Pierrebuff à ses pieds. Sans avoir pensé à elle un seul instant, la noble enfant eut une héroïque résolution : celle de défendre celui qui l'avait sauvée.

— Oh! merci, mon Dieu! fit-elle en prenant les pistolets et en les armant; maintenant ils peuvent venir... j'aurai la force de le défendre et de mourir bravement à ses côtés. Adieu, Josepha! adieu, mon amour!

Et Ève croisa ses bras sur sa poitrine, en cachant les pistolets sous les revers de sa veste de matelot.

Quoiqu'elle fût profondément émue, elle semblait calme,

immobile, et son regard ardemment fixé sur toutes les ogives du côté qui restait plongé dans l'ombre. Par moments, obéissant à une dernière lueur d'espérance, elle appelait :

— Capitaine!... capitaine!...

Ou bien, elle poussait du pied Pierrebuff qui ressemblait à un cadavre.

Un instant, elle eut l'idée de lui donner un léger coup de poignard dans le bras; mais elle n'eut pas le temps de mettre son projet à exécution.

Dans le silence de la nuit, elle avait entendu sonner minuit à l'église du village des Dunes.

Peu après, elle vit trois formes humaines à trois ogives différentes. Quand elle voulut regarder ces apparitions au visage, elle s'aperçut qu'elles étaient masquées.

— Ils sont trois, pensa Ève. Les deux del Mona, et... mon père peut-être qui vient me chercher.

Dans cette terrible situation, c'était la première fois qu'Ève songeait à elle; et encore elle n'y avait pensé que parce qu'elle avait pensé à son père, et qu'elle avait eu besoin de s'expliquer la part qu'il prenait dans une expédition dont le résultat serait sans doute un crime.

— Mon père, reprit-elle; oh! non, sans cela je serais exposé à le tuer.

— Cette pensée fit frémir Ève, elle devait sauver les bandits des pistolets de la jeune fille.

Devant Ève debout, les trois ombres hésitèrent à descendre dans la salle aux gardes, et se réunirent un instant pour délibérer sur le parti à prendre. Ce fut bientôt terminé.

— Descendons, dit le comte résolûment, tant il avait hâte de finir avec son complice de 1826, si c'était lui qui dormait dans la salle aux gardes.

— Mais si Ève crie? fit observer del Mona.

— Qu'importe, la cabane de paysan la plus proche est au moins à une demi-lieue.

Les trois ombres se replacèrent chacune à une ogive, et trois cordes tombèrent presque simultanément le long du mur.

— Ils vont descendre; murmura Ève.

Et une dernière fois elle appela encore :

— Capitaine! capitaine!

Le malheureux capitaine de l'*Émérillon* ne l'entendit même pas.

Les trois hommes masqués commencèrent à descendre.

— Qui êtes-vous? cria Ève d'une voix vibrante et émue.

Personne ne répondit, et les trois ombres continuèrent à glisser sur le mur en s'abaissant vers la terre.

— Qui êtes-vous? répéta Ève en élevant encore la voix, ne continuez pas à descendre, ou je fais feu!

Et elle releva les chiens d'un des pistolets, afin que les hommes masqués fussent bien convaincus qu'elle était armée.

Ceux-ci, qui forcément tournaient le dos à la jeune fille, s'arrêtèrent un instant, Kanigal fut même sur le point de remonter sur le chemin de ronde.

— Qui êtes-vous? demanda Ève, et elle ajusta l'une des ombres suspendues aux trois cordes.

— Ton père, ma fille, fit une voix tonnante et bien connue d'Ève; et bas les armes...

— Je m'en doutais; murmura Ève.

Cependant le *mousse* de Pierrebuff ne se décida pas encore à lâcher prise.

— Que voulez-vous? demanda-t-elle, sans cesser de tenir en joue l'ombre qu'elle avait prise pour point de mire, et qui n'était pas à plus de cinq ou six pas d'elle.

— Te faire rentrer au château.

— Descendez alors, lui répondit sa fille, je me rends.

Et Ève désarma ses pistolets. Elle pensait que le but de cette expédition nocturne était, comme l'avait dit son père, de la replacer sous le coup de l'autorité paternelle.

Le comte et ses complices s'empressèrent de répondre à l'invitation d'Ève, et touchèrent bientôt le sol de la salle aux gardes. Tous trois, afin de ne pas éveiller les soupçons de l'intrépide jeune fille, feignirent de ne pas s'occuper de Pierrebuff, M. de Mérinval s'avança vers sa fille et lui dit en arrachant son masque, afin qu'elle le reconnût bien, et qu'elle crût l'expédition terminée.

— Mademoiselle, donnez-moi ces pistolets?

— Mais, mon père...

— Vous n'avez pas, je suppose, répondit le comte d'une voix sévère, l'intention de les décharger ou sur moi, ou sur ceux qui m'accompagnent dans la triste et pénible excursion que votre mauvaise tête nous fait faire.

Ève remit les pistolets de Pierrebuff au comte de Mérinval.

Aussitôt qu'elle s'en fut dessaisie, del Mona qui, en feignant l'attitude la plus inoffensive, se tenait prêt pour ce moment, jeta sur elle un ample manteau dans lequel elle fut bientôt enveloppée et garrottée, puis on lui mit un épais bandeau sur les yeux. Ce bandeau, qui fut noué derrière sa tête, lui bouchait aussi les oreilles, puis elle fut étendue sur le lit.

Aussitôt qu'ils furent débarrassés d'Ève, del Mona alluma sa lanterne sourde, et les trois complices bondirent autour du capitaine comme une nuée de corbeaux s'élancent à tire-d'aile sur un cadavre.

Ils étaient hideux à voir.

M. de Mérinval écarta le manteau de l'ennemi commun, et dit à del Mona.

— Éclairez.

Del Mona baissa la lanterne sourde et la plaça de façon à ce que sa réverbération donnât en plein sur la figure du capitaine. Ils se baissèrent tous trois, et semblèrent se réjouir chacun de son côté et à sa façon, en contemplant les traits du célèbre pilote.

— Malgré cette cicatrice au front, fit enfin M. de Mérinval qui, s'il eût bien cherché, se fût parfaitement expliqué cette cicatrice, je le reconnais très-bien, c'est lui, Gasparo.

— Oui, c'est lui, fit del Mona.

— Quoiqu'il y ait bien longtemps que je ne l'aie vu, ajouta Kanigal, je reconnais mon homme, c'est bien là le capitaine de l'*Émérillon*.

— Qu'il meure! dit M. de Mérinval en tirant un poignard qu'il plongea jusqu'à la garde dans la poitrine du pilote.

Un jet de sang et un soupir furent les seuls résultats de ce premier coup, le jet de sang jaillit au visage du gentilhomme qu'il inonda.

— Qu'il meure! répéta del Mona en retirant le poignard et en frappant un second coup près du premier. Puis il se releva en éteignant la lanterne.

— Et moi? s'écria Kanigal.

— Toi, dit le comte, fouille ce cadavre, et prends la clef de cette porte afin que nous sortions vite d'ici.

Kanigal obéit. Dans une des poches de Pierrebuff, il trouva la clef de la porte.

Del Mona et de Mérinval dérangèrent le cadavre de Pierrebuff, et le comte dit à l'idiot:

— Ouvre cette porte.

Kanigal obéit encore.

— Prends cette lanterne.

L'ex-pirate s'arma de la lanterne.

Le comte et son complice allèrent au lit d'Ève que M. de Mérinval prit dans ses bras.

Ève fit un léger mouvement pour se débattre, son père lui dit: « C'est moi! » et elle se laissa emporter.

La pauvre enfant ne savait rien de l'horrible et sanglante scène qui venait d'avoir lieu. Tout s'était passé sans bruit.

— Allons, passe devant, fit del Mona à voix basse à Kanigal, et conduis-nous à l'oubliette.

— C'est là ma pensionnaire?

— Sans doute.

— Pauvre demoiselle, je la plains!

— De t'avoir pour gardien?

— Oh! non, mais de rester dans le trou.

— Elle n'y restera pas longtemps.

— Tant mieux!

— Que t'importe?

— Et les dix mille francs, vous croyez donc que Kardel et moi, ne soyons pas pressés de les avoir, afin d'arriver plus vite à palper les six cent mille!

— C'est juste, et Kardel?

— Je n'ai pas manqué de lui écrire de venir; vous le verrez bientôt.

En devisant de la sorte, l'Espagnol et l'idiot étaient arrivés à l'ouverture du souterrain. Le comte était derrière eux.

Del Mona et l'idiot descendirent les premiers et reçurent Ève, qui une demi-heure plus tard, était seule dans sa tombe anticipée.

Préalablement le comte, aidé de ses complices, avait rendu ce cachot habitable, une lampe devait y être tenue continuellement allumée; et, outre les meubles indispensables, Ève avait des livres pour se distraire.

En quittant la tour, Kanigal dit à ses compagnons:

— Je retourne à la salle aux Gardes, afin de m'assurer si le capitaine est bien mort.

— Comme tu voudras; mais je crois que tu perds ton temps.

— On ne sait pas. Mais soyez tranquilles, si vous m'avez laissé quelque besogne, je m'empresserai de la faire, et consciencieusement.

Pendant que les deux bandits regagnaient le château, Kanigal reprenait le chemin de la salle aux Gardes.

— Oh! s'il pouvait vivre seulement encore un peu, pensait l'idiot avec une joie féroce; que je puisse lui dire: « Tiens, à ta dernière minute d'agonie, regarde-moi bien en face; c'est moi qui t'ai tué. »

Quel ne fut pas l'étonnement de Kanigal, quand il vit un large rayon de lumière sortir de la chambre où Pierrebuff avait été poignardé, et éclairer toute la plate-forme.

— Oh! oh! du nouveau! attention! Est-ce que les *fossoyeurs du diable* voudraient m'enlever mon mort, avant que je lui aie passé une dernière visite.

Et Kanigal se frottait les yeux, pour bien s'assurer qu'il ne rêvait pas.

A un mouvement que fit la lumière, l'idiot jugea prudent de se tapir silencieusement dans un coin, derrière quelque ruine, où, sans risquer d'être vu, il pût observer et attendre.

XV

Dans lequel il est démontré que le coup de pied de l'âne est parfois nécessaire pour tuer un lion.

Nerella n'avait mis que dix-huit heures au lieu de vingt-quatre pour arriver à Granville, et quoiqu'il fût nuit quand elle descendit de voiture, elle en connaissait le chemin. C'était à Granville que M. de Polignac avait été arrêté. C'était à Granville aussi où, le 1er août 1830, elle s'était embarquée avec son fils et sa famille sur la goëlette l'*Écureuil*, capitaine Kanigal.

Nerella avait de l'or. Elle fit lever un pêcheur et lui dit:

— L'*Émérillon* est en rade?

Elle tremblait qu'on lui répondît négativement.

— Oui, madame, fit le pêcheur.

— Pouvez-vous me conduire à bord? voici un louis.

— Sur-le-champ, madame.

Nerella monta dans la chaloupe du pêcheur, celui-ci réveilla son fils et appela un ami. Et les trois nageurs enlevèrent rapidement la barque du rivage.

Une demi-heure plus tard, la vigie de l'*Émérillon* qui, selon l'habitude du commandant, était mouillé à l'écart et sous ses voiles, héla le canot.

— Que faut-il répondre, madame? demanda le pêcheur.

— Service du commandant.

Le pêcheur fit la réponse, puis dit à Nerella en lui tendant la pièce d'or qu'elle lui avait donnée:

— Madame, reprenez votre or; le service de Paul Pierrebuff, le *pilote de la Manche*, ne se paye pas sur la côte. Heureux celui qui peut l'obliger, c'est un à-compte sur la reconnaissance que nous sommes tous exposés à lui devoir un jour.

Cet éloge si flatteur, et dit si simplement par un pauvre pêcheur, toucha Nerella, elle ajouta une seconde pièce à la première en disant au pêcheur :

— Je ne suis que l'amie du pilote, acceptez, ou sans cela je le prierai de vous laisser dans l'embarras s'il vous y trouve.

Le pêcheur accepta, on aborda.

Le Warlek, qui ne s'endormait pas avec la responsabilité que Paul lui avait laissée sur les bras, étant sur le pont, vint reconnaître le visiteur.

— Qui vient de la part du capitaine? demanda-t-il.

— Nerella, fit simplement la sorcière.

— Allons, enfants, vite l'escalier, commanda le Warlek qui pressentait qu'il était arrivé quelque chose d'important pour que Nerella se dérangeât.

Le Warlek appelait pompeusement l'*escalier* une échelle de corde qu'on jetait sur le flanc du lougre. Habituée à parcourir les rochers bretons, la sorcière parvint sans trop de peine à escalader le bord de l'*Émérillon* par ce chemin périlleux.

— Merci, vous pouvez vous retirer, fit Nerella aux pêcheurs.

— Comment, vous restez avec nous? demanda le Warlek avec étonnement.

— Oui, je vous dirai cela dans un instant; mais faites vite appareiller, le capitaine Paul est en danger. Nous allons à la falaise.

— Paul est malade? demanda le Warlek avec angoisse.

— C'est plus grave.

La comtesse avait parlé bas, afin que le second de l'*Émérillon* seul l'entendît, comme le lui avait recommandé Pierrebuff; mais encore tout abasourdi par le coup, le Warlek n'y tint pas.

— Mille millions de sabords! s'écria-t-il d'une voix de stentor, le capitaine est en danger, mes enfants, tout le monde à son poste et filons. Allons, aux ancres, lâchez-moi les focs et puis tout le tremblement.

Ces mots : *le capitaine est en danger*, produisirent un instant l'effet d'un coup de fusil sur une compagnie de perdreaux endormis.

Mais bientôt le calme se fit, les mots magiques, qui avaient réveillé aussi bien le plus ancien matelot que le plus jeune mousse, après avoir été dans toutes les têtes, étaient descendus dans tous les cœurs. En un instant les ancres furent enlevées, les deux focs se détendirent avec la rapidité d'éclat d'un coup de feu; on sortit du port sur la grande voile; une fois en mer et chargé de toile, l'*Émérillon* reprit ses allures de mouette, marchant grand largue et un peu penché à bâbord, à peine s'il rasait la lame en laissant derrière lui un léger sillage.

Quand le navire fut en marche, le Warlek, sans quitter son poste à la timonerie, demanda à Nerella :

— Eh bien! que s'est-il donc passé, madame la marquise? (On se rappelle sans doute que le Warlek était de l'affaire de l'*Écureuil*, qu'il connaissait madame de Valscel et savait son histoire.)

Nerella raconta tout ce qu'elle savait. Quand elle eut terminé :

— Mille sabords! s'écria le Warlek, les Mérinval, les del Mona et les Kanigal réunis contre le capitaine et Josepha!... Lâchez-moi ce ris, mes amis, ça presse, tonnerre!

Le navire filait comme une flèche.

— Madame la marquise, dit le Warlek, je vous ai fait préparer la cabine du capitaine. Veuillez y descendre, et priez pour nous, car pour gagner six heures nous allons tenter Dieu.

— Qu'allez-vous donc faire? demanda Nerella.

— Nous allons sauter par-dessus des rochers, répondit le Warlek sans sourciller; si je manque mon coup, et que l'un de ces monstres sous-marins nous donne un coup de boutoir dans le ventre, nous coulons bas.

— Faites, répondit la comtesse, si c'est pour sauver Pierrebuff.

— Descendez-vous?

— Non, je veux voir...

— Ce sera sitôt fait que vous ne verrez rien.

— Terre! cria la vigie.

Le timonier prit une longue-vue, examina attentivement le rivage, comme s'il y cherchait un point de reconnaissance; puis, ayant sans doute trouvé ce qu'il cherchait, il dit à Nerella :

— Pierrebuff l'a passé une fois, je vais essayer de l'imiter.

Et aux matelots :

— Mes enfants, poursuivit le Warlek, nous allons pour gagner six heures, qui nous permettront peut-être d'arriver à temps pour sauver le capitaine, passer le courant de la falaise noire; qui est en vigie?

— Le Nantais, répondit un matelot.

— Bon, c'est un ancien, il a déjà fait le saut, tout va bien.

Peu après, le Warlek reprit en s'adressant au matelot en vigie :

— Nantais!

— Lieutenant.

— Vois-tu la falaise noire?

— Elle commence à se dégager de la brume.

— Bien! combien filons-nous? demanda encore le Warlek au matelot chargé de relever la marche du navire.

— Entre quatorze et quinze nœuds.

— Bien.

Le Warlek, dans son langage énergique a assez bien dépeint la situation, pour que nous n'ajoutions pas un mot à sa description.

Seulement, disons que la mer était belle, la marée montait sans secousse; de l'*Émérillon*, on voyait la terre à une lieue environ. La lune, étincelante de lumière, éclairait nos hardis marins, commandés par leur intrépide lieutenant.

— Nantais, et la roche? demanda le Breton.

— Juste devant nous.

— Où lui va la marée?

— A la ceinture.

— Il est temps, larguez vite les focs.

Il fut obéi en une seconde.

— Prenez deux ris à tribord à la grande voile! Abattez une des voiles basses.

Tous ces commandements s'exécutèrent en quelques minutes. Alors le Breton, tout en donnant un violent coup de barre, dit à la comtesse.

— Nous passons...

L'*Émérillon* tournoya un instant sur lui-même, l'équipage, qui attendait avec anxiété, sentit un léger choc, puis ce fut un fort *raclement* qui dura une seconde. Enfin l'*Émérillon* donna de l'avant, de façon à ce que le bout de son beaupré trempât dans la lame, comme si le navire allait plonger.

Ce fut tout, le danger était passé.

L'arrière retomba en forçant l'avant à se relever.

— Remettez tout en train, dit le Warlek à l'équipage, je suis content de vous; le capitaine saura ce que vous avez fait pour lui.

Nerella ne savait ce qu'elle devait le plus admirer, de l'impassible docilité de l'équipage, ou de l'intrépidité du lieutenant.

Le lendemain soir, à dix heures et demi, l'*Émérillon* mouillait à cinq cents brasses de la falaise.

Nerella, le Warlek et quatre matelots descendirent à terre. Le Breton alla frapper à la porte du pilote, Jean vint ouvrir et ne fut pas peu étonné de voir le Warlek et l'*Émérillon*, l'un à sa porte et l'autre presqu'en rade.

— Ton père est-il ici, Jean? demanda le timonier.

— Non.

— As-tu de ses nouvelles depuis deux jours?

— Non, je crois même qu'il est à Vannes avec la fiancée de Josepha, mais toi, mon oncle (depuis l'enfance les enfants de Gasparo s'étaient habitués à appeler le Warlek leur oncle, et le Breton leur en était très-reconnaissant; n'ayant aucun parent il considérait la famille de son ami comme étant la sienne), comment se fait-il que tu tombes comme une bombe à la falaise, sans nous prévenir?

— Je te dirai ça plus tard, demain, si tout va bien, en buvant une bouteille de bordeaux *aux Maronniers*. Le capitaine n'est pas là, n'est-ce pas?

— Je vous ai déjà dit que non.

— Eh bien allons le chercher; en route! Allons le hantais et le rouet, *haut le pied* et filons...

Les matelots s'empressèrent d'obéir.

— Mais où vas-tu? demanda Jean.

— Je n'en sais rien, à terre, c'est madame qui dirige la marche. C'est elle qui est venue me chercher à Granville de la part de ton père; si tu veux venir, dépêche-toi.

— Je crois bien, si j'y vais, le temps de prendre un caban.

— Il se passe quelque chose d'extraordinaire, se dit Jean en allant prendre son caban, et pour ne pas m'effrayer peut-être inutilement l'*oncle* me cache la vérité.

En disant cela il mit une paire de pistolets dans ses poches et rejoignit le Warlek.

— Partons, lui dit-il.

Les quatre marins guidés par Nerella prirent le chemin des Dunes.

Inquiet sur le sort de son père et impatienté de régler son pas sur la marche un peu traînante de Nerella, Jean lui demanda :

— Mon père est aux ruines?

— Oui.

— Chez vous?

— Non, à côté, dans la salle aux gardes.

— Bien, je sais où, viens le Warlek, d'après ce que tu m'as dit je comprends que le père a besoin de nous; il faut donc nous presser et ne pas le faire attendre.

— En avant! fit le Warlek heureux d'être deviné dans son désir.

Les deux marins s'élancèrent au pas de course et leurs compagnons les eurent bientôt perdus de vue.

Pour entrer dans le domaine de Mérinval ils franchirent une haie vive, nouvellement plantée, et ils arrivèrent aux ruines, puis à la chambre aux gardes. Il était une heure et demie après minuit.

La porte de la salle était ouverte. Jean entra, deux choses frappèrent aussitôt son regard, le lit vide et le corps de son père qu'il ne reconnut pas d'abord. Mais dans le spectacle qu'il avait sous les yeux il sentait déjà quelque chose de sombre, de lugubre et de sinistre. On respirait une atmosphère de sang dans cette vaste salle ouverte à tout venant, dans laquelle se trouvait un homme couché à terre qui ne se réveillait pas, quand on marchait autour de lui.

— Cherche une lumière et allume-la, mon oncle, fit Jean à son compagnon.

Le Warlek avait déjà pris son briquet, il trouva un reste de bougie et l'alluma.

— Mon père! s'écria Jean en reconnaissant Pierrebuff; mais quelle pâleur, on dirait qu'il ne dort pas mais qu'il est mort.

— Mort! répéta le Warlek avec une indicible angoisse.

— Dame! oui, regarde. Grand Dieu! du sang!...

— Du sang! répéta le Warlek, comme si ce mot avait à lui seul fourni l'explication du drame extraordinaire qui s'était passé dans la salle aux gardes.

Jean en oncle se baissèrent et virent les deux blessures que Pierrebuff avait dans la poitrine.

Les deux marins se relevèrent simultanément. Chose extraordinaire, le Warlek, habituellement si expansif à l'explosion de tous ses sentiments, était aussi calme que son neveu. Dans la colère, la douleur et le désespoir de ces deux hommes on sentait quelque chose de grand, d'immense, de terrible et d'implacable : la vengeance.

— Ils l'ont tué, firent-ils tous deux à la fois. Ils ont frappé au cœur.

— Tu sais qui, mon oncle? ajouta Jean.

— Oui.

— Tu me le diras.

— Tu sauras tout, mon fils, car maintenant je deviens ton père.

— Merci.

— Mais s'il y avait encore quelque espoir?...

L'idée que le pilote n'était que blessé vint aux deux marins

en même temps, ils l'énoncèrent ensemble et se baissèrent à la fois vers le blessé.

C'était ce mouvement de lumière qui avait engagé Kanigal à se cacher, comme on l'a vu faire.

Nerella arriva enfin et examina attentivement le blessé.

— Il n'est pas mort, dit-elle, l'arme n'a pas touché le cœur; mais la blessure est dangereuse, ce sera long.

Le pirate, qui s'était glissé près de la porte, entendit le jugement de Nerella et murmura entre ses dents et avec rage:

— Ah! si je m'en étais mêlé!

XVI

La confession de Pierrebuff.

Ce ne fut pas sans peine que le pilote fut porté chez lui. Il est impossible de dépeindre la douleur et le deuil de cette famille si unie, en revoyant son chef dans un état désespéré ; mais il est plus facile de les comprendre. Nerella, cependant, s'était installée au chevet du blessé qu'elle répondait de sauver sans le secours d'aucun médecin.

La tentative d'assassinat commise sur Pierrebuff fut entourée du plus profond mystère. Jean craignait toujours que la moindre indiscrétion ne fît découvrir à la justice la trace de Gasparo l'assassin.

Cependant la Providence, qui sur chacun de nous a des vues impénétrables, avait décidé que le *pilote de la Manche* serait conservé à l'amour des siens, et à la reconnaissance de tous ceux à qui il avait sauvé la vie.

Nerella fit tant et si bien, que le sixième jour Paul, quoique très-faible encore, put parler.

Les premières paroles qu'il put prononcer furent celles-ci :

— Et Ève, la fiancée de Josepha, qu'est-elle devenue?

— Mon père, répondit Jean, quand nous sommes arrivés, l'oncle et moi, dans la salle aux gardes, il n'y avait plus que vous, et dans le fâcheux état que vous savez.

— Mais Ève?

— Elle n'a pas reparu au château, répondit Nerella d'une voix grave.

— L'auraient-ils tuée? s'écria le pilote. Oh! alors, malheur, malheur à eux!

Pierrebuff, le front plissé, les sourcils froncés, réfléchit un instant; puis dit à Nerella :

— Chère marquise, ne m'en veuillez pas de vous prier de me laisser un instant seul avec ma famille et le Warlek; mais, vous le savez, quelquefois on a dans son passé des actions dont on ne veut pas avoir à rougir devant ses amis les plus intimes.

Nerella se retira, mais en recommandant bien à Pierrebuff de ne pas se fatiguer en parlant trop.

— Mes enfants, dit Pierrebuff à Jean et à ses sœurs, mais en prenant, sans doute par intention, une main à son fils et aussi à Berthe, sa fille aînée, celle qui lui ressemblait le plus, quant au visage et à l'énergie. A certains moments, Berthe surpassait même son frère en impétueuse témérité, et n'eût été la faiblesse de son sexe, elle était le chef de la famille après Pierrebuff, quoique Jean fût l'aîné. Celui-ci, dans une circonstance difficile, était loin d'avoir l'esprit d'expédient et la promptitude de résolution de sa sœur. Il savait trop vouloir peut-être et pas assez exécuter.

Au physique, ces deux se ressemblaient. Ils étaient grands, sveltes, bien faits, robustes et agiles. Ils avaient, chacun dans son genre, cette beauté espagnole qui, surtout chez les femmes, promet tant en amour et séduit profondément.

Mais revenons au pilote et à sa famille qui l'entourait avec un morne respect. Comme tout le monde connaissait la rude

énergie de Pierrebuff, ceux qui avaient besoin de pleurer s'efforçaient de commander à leurs larmes.

— Mes enfants, commença donc Pierrebuff, comme je suis blessé, mortellement blessé, que de longtemps je ne pourrai sortir, deux d'entre vous vont se trouver forcés de me remplacer, je les dirigerai de mes conseils ; et, tout en gardant le commandement de l'*Émérillon*, le Warlek les aidera au besoin. Jean et Berthe, c'est à vous que je vais confier le soin de l'honneur du nom de Pierrebuff et la tranquillité de ma conscience ; mais, avant de vous dire ce que vous aurez à faire, je dois vous faire une confidence qui vous expliquera bien des actes de ma vie. Ce secret que votre mère et le Warlek connaissent, il m'était pénible de vous le confier ; mais il le faut...

— Mais, mon père, fit Jean, et ma sœur pense comme moi, je suis sûr, nous sommes tout prêts à vous obéir, sans que vous ayez pour cela la moindre confession à nous faire.

— Il le faut, mon fils, reprit doucement Pierrebuff ; sans cela, à un moment indéterminé, n'étant pas convaincu de toute l'importance de votre mission, vous pourriez reculer devant l'impossible, et il ne faut pas que cela soit, vous devez ou tomber ou arriver à votre but.

— Parlez, mon père, fit Berthe.

— Vous avez toujours su que j'étais un assassin ; dès l'enfance tous nos voisins se sont chargés de vous l'apprendre, reprit Pierrebuff sans sourciller.

On eût entendu une araignée tisser sa toile, ce premier mot de la confession du pilote : *Je suis un assassin*, avait courbé toutes les têtes, avait arrêté toutes les respirations. Il poursuivit :

— Un enfant élevé avec vous, et dont le père a été exécuté,

comme étant mon complice, a partagé avec vous cette triste réputation, et toutes les injures et les mauvais traitements qui en furent la conséquence.

— Josepha ! dit Berthe.

— Oui, Josepha, tu l'as dit, ma fille ; eh bien, retenez tous bien ce que je vais vous dire : le père de Josepha était innocent, il n'était pas mon complice, dans l'assassinat de l'Anglais. Il a été exécuté et moi je vis. Blessé comme aujourd'hui, j'ignorais son procès et je ne pus le sauver, en me livrant moi-même à la justice. Comprenez-vous pourquoi, quand vous étiez enfants, votre mère, d'après mes ordres, fut souvent plus douce et plus prodigue pour le fils d'un étranger que pour ses propres enfants ?

— Oh ! oui, firent tous les enfants du pilote, et puis, Josepha était si bon et si doux !

— Mon crime l'avait fait orphelin. N'oubliez jamais cela, mes enfants, Josepha a droit à votre vie à tous, en ayant droit à celle de votre père ; et encore nous ne parviendrons pas, en supposant même que la mémoire de son père soit réhabilitée, à faire qu'il n'ait souffert vingt ans sous l'effrayant anathème ; car il n'a pas fait comme moi, il a eu le terrible courage de ne pas changer de nom, de ne faire aucune concession au préjugé.

— Pour ce crime j'avais un complice, il est inutile que vous sachiez son nom, quant à présent.

— Dis-leur, Gasparo ! s'écria le Warlek ; au moins, mets-les en garde contre la bête qui t'a mordu.

Le nom de M. de Mérinval tomba syllabe par syllabe des lèvres du pilote.

— Le père d'Ève ! fit Berthe.

— Oui, j'ai tout fait pour empêcher l'amour de Josepha et

d'Ève; j'ai échoué; mais Ève est digne de notre ami. Et, en ce moment, elle seule, elle seule, vous m'entendez bien, peut sauver Josepha, et elle le fera, même au préjudice de sa réputation; car elle aime Josepha avec passion. Que son cœur est bon et son âme belle!

— Mais si elle a disparu, fit Berthe.

— Disparu, c'est le mot, repartit Pierrebuff; car si criminel que soit le comte, il a toujours été bon père, et je ne puis le croire assez dénaturé, pour avoir tué son enfant, dans le seul but de faire condamner Josepha.

— Il faut le dénoncer.

— Dans notre position, il ne nous appartient pas d'appeler la justice dans aucune affaire.

— Que faire alors?

— Il faut retrouver Ève.

— Car Ève faisant défaut, fit Berthe, c'est la tête de Josepha qui tombe. Et, dans ce cas, nous ne serions plus digne du nom de Pierrebuff, ni les uns ni les autres.

— Bien parlé, Berthe.

— Mais avez-vous quelques renseignements?

— Aucun; mais attendez... Que l'un de vous dise à Nerella de rentrer, que j'ai affaire à elle.

La marquise rentra.

— Nerella, lui demanda Pierrebuff, comment savez-vous qu'Ève n'est pas au château?

— D'une façon positive.

— Mais où supposez-vous qu'elle soit?

— Dans les ruines, à coup sûr. En tout cas je dirigerai les recherches.

— Eh bien, mes enfants, voici ce qu'il vous reste à faire, dit Pierrebuff, en s'adressant à Jean et à Berthe...

II• s.

— Dans la lutte que j'ai engagée, et que vous êtes appelés à continuer tous, s'il le faut, est-il bon que vous connaissiez vos ennemis et vos amis.

Les premiers sont tous au château des Dunes, le comte de Mérinval, les del Mona père et fils et Kanigal. Quatre assassins! je ne devrais pas prononcer ce mot sans rougir, mais parfois on est forcé d'appeler les choses et les hommes par leurs noms.

Par un serrement de main, Berthe rappela à son père que Nerella était rentrée et qu'elle écoutait. Le pilote reprit:

— Quatre hommes capables de tous les forfaits, même de feindre de s'assassiner les uns les autres, afin de pouvoir mettre sur le compte d'un innocent une tentative d'assassinat. Voilà les hommes.

— Et les femmes? demanda Berthe.

— Elles ignorent la vérité; tu t'en assureras.

— Comment ferai-je?

— Un peu de patience, ma fille, je vais te le dire. Quant à vos amis, vous pouvez compter sur nous tous d'abord, et enfin sur la sœur Ursule; mais, en raison de sa position qui demande beaucoup de ménagements, son amitié est de celles qu'on ne peut mêler à de pareilles intrigues, nous l'utiliserons une fois pour Berthe et je pense que ce sera tout.

Pour un instant oubliez Josepha, et ne songez qu'à découvrir et à délivrer Ève; car la liberté d'Ève c'est la vie de Josepha; toi, Jean, toutes les nuits, aidé parfois par Nerella, tu surveilleras bien les ruines où il doit exister quelque souterrain secret dans lequel M. de Mérinval a enfermé sa fille; car Ève était avec moi la nuit où, endormi par quelque narcotique qu'ils avaient adroitement glissé dans mon vin, ils ont essayé de m'assassiner.

Seulement, Jean, sois prudent, seul contre quatre la partie peut devenir rude. Ne dors jamais une heure, une minute dans les ruines, car Kanigal doit y faire bonne garde.

— Il est encore à craindre pendant six jours, fit Nerella, après il retombera dans son idiotisme.

— Tu entends, Jean, six jours.

— Oui, père, et j'espère ne pas être six jours, à découvrir Ève si elle est dans les ruines.

— Enfant, dit Nerella, vous ne connaissez pas les ruines ; pendant 18 ans je les ai habitées, et elles ont encore des mystères pour moi.

— Je découvrirai ces mystères ! répondit Jean avec sa fermeté habituelle.

— Ne préjuge de rien, mon fils. Là où ton père a échoué, prends garde de sombrer.

— Je ne prendrai rien aux ruines que ce que j'y porterai.

— Ne t'y enferme pas surtout.

— Non, père, puis-je partir ? dans deux heures il fera nuit.

— Déjà ! fit Marie en frissonnant à l'idée des dangers qu'allait courir son fils.

— Ma mère, Josepha...

— N'achève pas, mon enfant, tu as raison.

— Tu peux partir, Jean, fit Gasparo.

Jean embrassa sa mère et ses sœurs, serra la main à son père et aux autres, prit ses armes, jeta un caban sur ses robustes épaules et descendit au rivage où stationnait le canot de l'*Émérillon*.

Il se mit au gouvernail et dit au Nantais, en lui désignant Lorient d'un signe de tête :

— Nage.

— Et d'un, fit Pierrebuff quand son fils se fut éloigné, maintenant, Berthe, ma grande fille, à nous deux.

— Je vous écoute, père, répondit Berthe en souriant comme pour remercier d'avance son père de la preuve d'estime et d'amour qu'il lui donnait.

— Je vais te confier un poste bien dangereux, Berthe, ma bien-aimée, reprit Pierrebuff, un poste où les actions d'éclat sont en quelque sorte défendues.

— Tant pis ! fit la jeune fille avec dépit.

— Comme on dit au pays basque, je vais te mettre entre les pattes de l'ours.

— Comment cela ? demanda Berthe, qui ne comprenait pas encore.

— Tu vas aller trouver la sœur Ursule, tu lui diras que je suis grièvement blessé, et qu'Ève m'a été enlevée ; que j'ai besoin pour le moment, afin d'assurer la réussite de mes projets, que tu entres, comme femme de chambre chez M. de Mérinval, soit auprès de la comtesse, soit auprès de madame del Mona ; et que je la prie de te recommander autant qu'elle le pourra à quelqu'un qui soit lié avec les habitants des Dunes.

A cette proposition, Berthe fit une petite moue qui indiquait assez qu'un emploi de domestique lui convenait peu, et que le mot femme de chambre avait mal sonné à son oreille.

— Ma fille, c'est pour Josepha.

— Pour Josepha, mon père, reprit Berthe en rougissant légèrement, j'irais jusqu'au bout du monde ; j'irai donc chez M. de Mérinval. Faut-il que j'aille prévenir la sœur Ursule tout de suite ?

— Oui, mais tu reviendras, car il s'écoulera peut-être plusieurs jours avant que tu puisses entrer chez M. de Mérinval.

— Chez le comte, ai-je quelque chose à craindre, demande Berthe, sans que sa voix trahît la plus légère émotion.

— Je ne pense pas, mais tu es Béarnaise et née trop près de l'Espagne, pour ne pas savoir que la Catalane, quand elle doute, ne marche jamais sans son poignard.

— Je vous comprends, mon père.

Et Berthe alla décrocher à un trophée un magnifique couteau catalan, qu'elle ferma et qu'elle mit dans l'une de ses poches ; puis elle jeta un châle sur ses épaules, et dit :

— Je pars.

— Ma nièce, fit le Warlek, tu attendras bien que le canot soit rentré.

— Mon oncle, merci, j'ai le mien.

— Eh bien ! mordieu ! je serai son rameur.

— J'accepte.

Quelques minutes plus tard, les bras nerveux de le Varlek faisaient bondir sur la lame la *coquille de noix*, que la fille du *pilote de la Manche* appelait son canot, et qui lui avait déjà servi à faire trois sauvetages.

A Lorient, on appelait déjà la belle Berthe, la *gardienne de la Falaise*, et plus d'un capitaine au long-cours passait à cause d'elle des nuits sans sommeil.

— Mon oncle, vous nagez mal.

— Comment cela ?

— Votre coup de rame est beaucoup plus profond et plus vigoureux à gauche qu'à droite. Voulez-vous prendre ma place au gouvernail ?

Et Berthe égrenait un léger rire moqueur entre les perles qui lui servaient de dents.

— Il ferait beau voir, répondit le Warlek, d'un ton qu'il s'efforçait en vain de rendre bourru. De toute la famille de son ami, Berthe était sa *préférée*.

— Dame, si vous vous fatiguez cependant.

— Démon que tu es, tu sais bien que j'ai été blessé au bras droit.

— Ah ! vous m'en apprendrez tant, que je vous dirai que vous nagez presque aussi bien que moi ; mais tenez, nous sommes arrivés.

Et légère comme une gazelle, Berthe bondit sur le rivage.

XVII

L'amour de Carlos.

Était-ce par haine pour Josepha et pour obéir à cette règle presque générale, qui nous fait bien plus envier le bien de notre ennemi que celui d'un étranger, mais quoi qu'il en fût, Carlos del Mona était follement épris d'Ève ; et cela, depuis le jour où il l'avait vue pour la première fois.

Après l'affaire de la grotte de Notre-Dame, quand les domestiques qui l'avaient relevé sanglant et évanoui l'eurent déposé sur son lit, qu'il eut été pansé et qu'enfin il eut recouvré l'usage de toutes ses facultés intellectuelles, sa première impression fut sinistre. Il eut un remords.

— Qu'est devenue Ève ? se demanda-t-il ; l'aurais-je blessée grièvement ? Dans tous les cas, je me suis déshonoré à ses yeux... et je l'aime comme un insensé !... misérable que je suis.

Carlos faisait ces réflexions quand del Mona vint s'asseoir à son chevet.

L'Espagnol venait demander une explication à son fils ; il commença en ces termes et de sa voix mielleuse :

— Mon ami, j'excuse toutes les passions, et je comprends facilement tous les égarements ; mais...

On sait que Carlos était loin de professer le plus profond respect pour celui qui jouait le rôle de l'auteur de ses jours ; aussi interrompit-il del Mona dans son exorde.

— Monsieur, lui dit-il, soyez aussi indulgent que bon vous semble ; c'est votre affaire, mais quant à ce qui s'est passé, qu'il vous suffise de savoir que, dans un moment de folie ou d'affreuse jalousie, comme vous voudrez, j'ai commis une lâcheté ; et comme je n'excuse ni ne pardonne ces sortes de choses, quand j'en commets je n'aime pas à en parler, et préfère faire tout mon possible pour les oublier rapidement.

Quoiqu'il eût voulu être mieux éclairé, del Mona fut forcé

de se contenter de cett réponse, qui, tout en ouvrant un vaste champ aux conjectures, ne disait cependant rien de positif.

Avec Mariana, cette pauvre femme qu'il contribuait à tromper d'une façon si indigne et qui l'aimait avec folie, Carlos fut plus expansif.

— Ma mère, lui dit-il, vous devinez ce qui s'est passé : dans un moment d'égarement, je me suis déshonoré. Faites, je vous prie, qu'on me donne Ève, ou sans cela je ne sais ce qui arrivera, je ne réponds de rien. Par instants je suis fou.

— Ève n'est plus au château, mon fils.

— Où est-elle ?

— Nul ne le sait.

— Oh ! cet homme !... cet homme !... s'écria Carlos en pensant à l'étranger avec lequel il s'était battu.

— Quel homme ? demanda Mariana étonnée.

— Celui qui m'a blessé.

— Il y avait donc un homme ?

— Sans doute ; qui est venu au secours d'Ève.

— Et vous ne le connaissez pas ?

— Non.

— Et c'est lui qui a enlevé Ève ?

— Sans doute.

— Dans quel but ?

— Pour la soustraire à l'autorité paternelle et à mon amour sans doute...

— Mais la justice ?...

— Ne parlez jamais justice, ici.

— Pourquoi ?

— Parce que c'est une maison maudite et que tous tant que nous sommes nous avons intérêt à ce que la justice passe sans nous voir. Personne n'ira donc la chercher, croyez-moi.

Le lendemain Carlos, par son père, eut des nouvelles d'Ève.

— On est sur sa trace, lui dit del Mona ; mais on ne l'a pas encore rejointe.

Le soir du même jour, del Mona vit Ève dans les ruines, et le surlendemain il devait assassiner Gasparo.

Les deux derniers jours qui précédèrent ce nouveau crime, Carlos remarqua l'agitation fébrile de del Mona. A quelques paroles qui échappèrent imprudemment à ce dernier, il comprit qu'il se tramait quelque chose d'extraordinaire autour de lui.

Ève était retrouvée, il ne pouvait en douter, et on la lui cachait.

Quoique faible et souffrant pendant la journée qui précéda le crime, Carlos se leva et s'assit dans un fauteuil près de sa croisée, dont il avait rabattu les rideaux de façon à ce qu'on ne pût pas le voir du dehors.

Cette fenêtre donnait sur la partie des jardins qu'il fallait traverser pour se rendre aux ruines, à la porte même de ce jardin se trouvait la fontaine qui servait de lieu de rendez-vous à M. de Mérinval et à ses dignes complices.

Carlos était à ce poste d'observation depuis un quart d'heure environ, quand il vit entrer le fou des ruines qu'on introduisit chez M. de Mérinval.

Kanigal venait prévenir le comte que le pilote avait bu, et que l'expédition devait tenir pour la nuit même.

La présence de l'idiot au château ne fit que grandir les soupçons de Carlos, il réfléchit un instant et murmura :

— Ève est aux ruines, j'irai.

A onze heures, quand de Mérinval et del Mona sortirent pour aller aux ruines, Carlos veillait encore.

Depuis quatre heures, dans la prévision de ce qui arrivait, il s'était habillé ; déjà il avait essayé ses forces et s'était convaincu, avec joie, qu'il pourrait marcher jusqu'aux ruines.

— Je les suivrai, s'était-il dit, et, par ce moyen, je découvrirai l'endroit où est Ève.

En effet, aussitôt qu'il vit son père et le comte de Mérinval traverser le jardin, il descendit de chez lui et se mit à suivre les deux complices tout en se cachant de son mieux derrière les arbres, et en laissant entre eux et lui un intervalle de vingt ou vingt-cinq pas.

Carlos cependant avait trop préjugé de ses forces : quand il fut à un quart de lieue environ du château, il fut pris d'une

telle faiblesse qu'il ne put aller plus loin ; la fatigue avait fait s'ouvrir la blessure encore mal fermée, et n'eût été le bandage qui la maintenait encore, le sang s'en fût échappé en abondance. Carlos était doué d'un certain courage : malgré des souffrances aiguës il sut contenir les cris de douleur qui, à chaque instant, venaient mourir sur ses lèvres, et il fit encore quelques pas. Mais à bout de force, il s'affaissa bientôt en poussant un cri de rage. La douleur l'avait vaincu.

Les ruines étaient à trois cents pas de lui tout au plus, et il vit les deux assassins disparaître derrière les premiers pans de murs écoulés, qui indiquaient l'espace autrefois occupé par le château des sirs de la Tremoille.

Carlos, en se traînant et avec des efforts inouïs, fit encore quelques pas sur les traces de ceux qu'il suivait, puis il fut enfin forcé de s'arrêter tout à fait.

Il était sur un petit monticule d'où le regard dominait la campagne environnante et les ruines. Quoiqu'à terre, il se tint sur son séant appuyé sur les deux mains, son regard fixe et ardent ne quittait pas les restes du vieux castel ; il espérait que son père et M. de Mérinval allumeraient une lumière, et que cette lumière lui indiquerait, pour l'avenir, le chemin qu'ils suivaient en ce moment dans les ruines.

Il n'en fut rien.

Un instant, il crut voir deux ombres cheminant lentement sur un sentier étroit qu'il connaissait, et qu'il savait conduire, du corps de logis principal, à une vieille tour encore debout ; plus tard, il vit comme une lumière sourde sortir subitement de terre au milieu même de la vieille tour fendue par une large brèche ; mais cette lumière disparut avec la même rapidité qu'elle s'était produite.

Sans bien se rendre compte s'il n'était pas le jouet d'un moment d'hallucination, résultant de la fièvre qu'il commençait à sentir, del Mona rapprocha la présence des deux ombres de l'apparition subite de la lumière et murmura :

— Ce sont eux ; c'est donc vers la grande tour qu'il faudra chercher...

Quelques instants après, Carlos entendit le bruit des pas de son père et du comte, qui revenaient au château. Afin de ne pas être surpris en flagrant délit d'espionnage, le blessé se dérangea du sentier sur lequel il était tombé, et où devaient passer les deux complices ; il parvint à se cacher derrière une broussaille.

Del Mona et de Mérinval, sombres et silencieux, marchaient à grands pas, comme s'ils eussent été pressés de se séparer. Ils passèrent auprès de Carlos sans soupçonner sa présence. L'Espagnol l'avait cependant effleuré avec le pan de son manteau.

Carlos mit tout le reste de la nuit, trois heures environ, pour faire un peu plus d'un quart de lieue, c'est-à-dire pour retourner au château.

Comprenant qu'il ne pourrait jamais monter seul et convenablement jusqu'à un deuxième étage, il gagna un banc éloigné du chemin des ruines et s'étendit auprès.

A huit heures, quand les domestiques le relevèrent, il était réellement évanoui.

On crut qu'une faiblesse l'avait arrêté dans une promenade du soir, et que la fraîcheur de la nuit avait mis sa blessure dans l'état dans lequel on la trouva.

On le porta dans son lit avec une fièvre ardente.

Cette fois, Carlos fut plus prudent et attendit dix jours avant de partir en découverte.

Sa blessure était enfin, sinon parfaitement guérie, au moins très-bien fermée. Depuis quatre jours il se promenait dans les jardins ; de plus, et sans en avoir l'air, le blessé avait observé que Kanigal venait souvent au château ; et, qu'à toutes ses visites, en passant aux cuisines, il emportait des restes assez copieux pour que les domestiques eux-mêmes fussent fort étonnés de les voir échoir en partage à l'idiot, que sa folie avait enfin repris.

Ces allées et venues de l'idiot achevèrent de convaincre Carlos qu'Ève était dans les ruines, et que Kanigal était à la fois son gardien et son pourvoyeur.

Il essaya d'interroger l'ex-négrier ; mais celui-ci, comme à tous ceux qui l'interrogeaient pendant ses vingt-huit mauvais jours, ne lui répondit que par un grognement qui avait quelque chose de menaçant. Kanigal n'aimait pas, sans doute, qu'on le dérangeât de sa folie.

— C'est bien, se dit Carlos; mais, maudit fou que tu es, je te ferai bien parler dans les ruines, en te mettant le poignard sur la gorge.

La nuit du dixième jour, ne pouvant plus contenir son impatience, Carlos se décida à faire une expédition dans les ruines. Afin d'essayer ses forces, il était allé dans la journée, et sans accident, jusqu'à la porte de la salle aux gardes, auprès de laquelle il avait été assez surpris de trouver plusieurs flaques de sang caillé.

— L'auraient-ils tuée? se demanda Carlos avec inquiétude. Puis, après un instant de réflexion : Non, c'est impossible, le comte aime sa fille et n'a voulu que la faire disparaître dans le but de faire condamner Josepha; mais c'est un mauvais moyen, c'est prendre d'avance l'engagement de la tenir continuellement enfermée, car, aussitôt libre, Ève parlera pour tirer Josepha du bagne, puisqu'il ne peut être condamné à mort.

Carlos ne vit personne dans les ruines. Tout était calme et silence dans ces vieux murs, qui ne semblaient être habités que par de farouches oiseaux de nuit.

Mais Kanigal l'avait aperçu; et Jean, qui du haut d'une tourelle veillait comme un oiseau de proie ou comme un matelot en vigie, avait vu Kanigal et Carlos.

C'était la première journée que le fils du pilote passait dans les ruines. N'ayant rien découvert pendant les quatre nuits précédentes, il s'était décidé à rester le jour à son poste. Nous verrons bientôt les résultats de cette résolution.

Disons que le jour même où Carlos visita les ruines, Berthe, à la recommandation d'une des personnes les plus haut placées de Lorient, entrait, comme femme de chambre, au service de Mariana, qui n'avait amené aucun domestique de Cherbourg.

XVIII

Frère contre frère.

A onze heures du soir, Carlos commença à se préparer pour l'expédition qu'il avait décidée dans la journée. Il choisissait cette heure parce qu'il lui semblait important de cacher à de Mérinval et à del Mona l'intérêt et la véritable passion que lui inspirait Ève; de leur cacher surtout les recherches qu'il faisait et qu'il comptait faire pour découvrir le lieu où l'on tenait la jeune fille prisonnière.

— Je me suis déshonoré à ses yeux, se disait Carlos; j'ai encouru sa haine, son mépris; je n'ai qu'un moyen de me réhabiliter et de conquérir son amour, car Josepha a été trop peu de temps ici pour qu'elle l'aime réellement. Ce moyen, c'est de la découvrir, de lui rendre la liberté, et de lui dire ensuite :

« Ève, je vous aime, pardonnez-moi mon crime ou plutôt pardonnez à l'excès de mon amour, vous êtes libre; sauvez Josepha, j'y consens, mais ensuite, aimez-moi. Et elle m'aimera, car Ève peut croire aimer le malheureux, le prisonnier, l'homme persécuté, mais elle n'aimera jamais le *fils du supplicié* libre. Elle se dévoue; et, comme toutes les femmes en pareil cas, elle se passionne plutôt pour son dévouement que pour l'homme.

Quoi qu'on en pense, Carlos raisonnait beaucoup plus juste que de Mona et M. de Mérinval[1]. S'il devait arriver à captiver le cœur d'Ève, il avait trouvé le seul moyen à employer pour y parvenir.

Afin d'éviter quelqu'inconvénient avec sa blessure, Carlos reserra le bandage, en mit un second par-dessus, puis se ceignit encore les flancs d'une de ces larges et longues ceintures en soie et à couleurs voyantes que les Arabes portent avec tant de laisser-aller et dont les Maltais et les Espagnols se parent avec tant de coquetterie.

Dans cette ceinture il glissa une paire de pistolets chargés et un poignard d'une bonne trempe. Le sang qu'il avait vu dans la journée l'avait persuadé que la nuit on ne devait pas s'aventurer dans les ruines sans être armé. Puis, en réfléchissant sur cet incident, il avait fini par découvrir la vérité, à savoir : que del Mona ou le comte avait tué ou blessé le défenseur d'Ève.

Sans savoir s'il devait se réjouir ou se plaindre de ce nouveau crime, Carlos descendit de chez lui, traversa les jardins et se dirigea vers les ruines.

Malgré toutes les précautions qu'il avait prises, une ombre qui semblait un sombre fantôme se glissait sans bruit derrière les arbres, profitant de la moindre broussaille pour le cacher s'il se retournait, le suivait, à son insu, à une distance de vingt pas tout au plus. Avec l'amour en tête, et, en marchant du pas dont il allait, Carlos devait bientôt être aux ruines ; mais, si l'amour lui rendait le pied léger, le noir fantôme semblait avoir des ailes.

Devançons Carlos aux ruines et disons ce qui s'y était passé depuis la nuit où Pierrebuff avait failli y être si lâchement assassiné.

Le lendemain de l'*enterrement* d'Ève (qu'on nous passe l'expression, elle nous semble juste), Kanigal qui dans cette intrigue, grâce à l'étincelle d'intelligence qui couvait en lui, semblait être le génie du mal, s'était fait l'âme damnée de M. de Mérinval, réfléchit que l'ouverture du souterrain dans lequel donnait l'oubliette où Ève était enfermée n'était guère cachée, alors il eut une idée.

Il alla trouver M. de Mérinval et lui demanda l'autorisation, en lui disant pourquoi, de disposer d'un tas de *bourrées* qui se trouvait sur la lisière du bois, à vingt pas des ruines environ.

M. de Mérinval fit aussitôt appeler son régisseur. Il approuvait le projet de l'idiot comme bien on pense.

Fort de l'autorisation qu'il venait d'obtenir, Kanigal empila tout un tas de fagots sur l'ouverture du souterrain ; seulement, il disposa deux ou trois fagots connus de lui seul, de façon à ce qu'en les enlevant, il se trouvait tout de suite dans le conduit.

L'ex-pirate avait mis trois jours à opérer sa transposition, et par peur de Nerella il se mit à habiter le souterrain, d'où il ne sortait que le matin et où il ne rentrait que le soir.

Rien d'étonnant donc à ce que Jean qui, d'abord, n'attacha aucune importance au tas de fagot et ne passait que la nuit dans les ruines, ne s'aperçut pas de la présence de Kanigal qui, de son côté, ne sortant que dans le jour, ne se doutait pas qu'un nouvel *oiseau de nuit* fût venu percher sur une des tourelles du donjon.

Cependant ce bipède méritait bien qu'on s'occupât de lui, car un matin Jean, s'ennuyant de passer inutilement des nuits entre les hibous et les chouettes, prit sur lui de devenir *oiseau de jour*, c'est-à-dire de passer la journée dans les ruines.

Et Jean fit bien. A l'aube, il vit un homme se sauver des fagots comme si le feu eût été dans le tas de bois.

— D'où diable sort ce drôle? se demanda Jean, quoiqu'il fasse à peine jour je crois bien reconnaître mons Kanigal ! *Ouvrons l'œil au bossoir*, comme dirait l'oncle.

A partir de ce moment le tas de fagots parut assez intéressant à Jean, pour qu'il lui accordât une grande partie de son attention.

Dans la journée il vit Carlos qu'il reconnut. Le soir, il vit le tas de fagots s'ouvrir et recevoir le négrier.

— Gredin ! fit Jean, que je te ferais volontiers flamber au milieu de tes coterets, où on en a brûlé de meilleurs que toi ; mais attends qu'il soit nuit et qu'on soit couché dans le voisinage et nous verrons !...

Jean attendit avec une impatience que l'on comprend, que la dernière lumière fût éteinte au château, c'était celle de

Carlos, puis il descendit de sa tourelle et se dirigea vers la grosse tour.

Son frère Richard, ou plutôt Carlos, avait aussi pris la grosse tour comme but de sa course. C'était là qu'il pensait trouver Ève.

La nuit était sombre, mais à minuit Jean était déjà à l'œuvre; c'est-à-dire que quand il s'était trouvé près du tas de fagots, et que dans ces fagots, après un examen aussi approfondi que le permettait l'obscurité, il n'avait vu juste que des *bourrées*, il s'était mis à démolir l'œuvre si péniblement édifiée, tout en prenant certaines précautions pour le cas où le monceau de coterets, se changeant en forteresse, ne renfermât quelque assiégé armé jusqu'aux dents.

En fait de dents, Jean avait donc mis son poignard ouvert dans les siennes, et à portée de sa main sur une pierre, il avait posé un pistolet tout armé.

Ses précautions prises, il s'était mis à démolir le chancelant édifice; non, sans penser plus d'une fois qu'il serait bien plus simple et surtout plus expéditif d'y mettre le feu.

Malgré l'obscurité, Carlos s'avançait de son côté. Quand il fut à vingt pas de la grosse tour, il fut fort étonné d'en voir le centre occupé par une masse noire qui n'y était pas dix jours plus tôt, et dont il ne pouvait pas préciser les contours. Dans la journée il avait cependant vu les fagots; mais, au jour, il lui avait semblé tout naturel qu'ils fussent là. La nuit ce fut tout différent, Carlos s'avançait du côté opposé où travaillait Jean, une file de bois les séparait, de sorte qu'ils ne purent d'abord se voir.

L'un venait du château, l'autre opérait où il avait vu paraître et disparaître del Mona. L'ombre venait ensuite, elle n'était plus qu'à dix pas derrière del Mona.

Quand celui-ci put se rendre compte du composé de la masse noire qui l'avait étonné, il se fit cette réflexion:

— Voici un tas de bois qui a été entassé juste à l'endroit où j'ai vu disparaître la lumière, il doit cacher quelque chose. Cherchons.

Et il lui vint la sinistre pensée que ces fagots cachaient peut-être une tombe, et formaient un mausolée d'un nouveau genre.

En tournant autour du bois, Carlos aperçut Jean, et le regarda un instant travailler.

— Un voleur de fagots, sans doute, se dit-il.

Carlos était prudent, il mit son poignard à la main, puis mettant son autre main sur l'épaule de Jean, il commença à lui dire:

— Hé! l'ami, vous pourriez faire un plus honnête métier que celui de voler...

Il ne prononça pas un mot de plus : Jean, avec son poignard dans les dents, s'était relevé comme un aspic tout piqué.

Quoi qu'il fît nuit, Carlos et Jean s'étaient reconnus. Tous deux, on le sait, étaient élèves de l'École de Lorient, et Jean avait servi de témoin à Josepha, dans son duel contre le fils de del Mona.

— Pierrebuff! s'écria Carlos.

— Del Mona, un des assassins de mon père sans doute; murmura Jean, quand il eut fait passer son poignard de ses dents dans sa main, et qu'il se fut mis en garde.

— Que voulez-vous? demanda Jean à son ennemi.

— Et vous, que faites-vous ici? demanda Carlos qui, si Jean n'eût été sur la défensive, l'eût poignardé sans hésiter; car il pensait, et il pensait juste, que Pierrebuff, l'ami de Josepha, cherchait Ève pour le compte du prisonnier.

— Je fais ce que bon me semble, répondit Jean.

— Mais avez-vous le droit de faire ce que bon vous semble?

— Si je ne l'ai pas, je le prends.

Un silence se fit entre les deux jeunes gens, qui ne cherchaient qu'un moyen plausible de se sauter à la gorge.

— Pierrebuff, reprit Carlos, soyons ennemis; mais soyons francs. Vous cherchez Ève?

— Oui.

— Pour le compte de Josepha?

— Oui.

— Vous la croyez ici?

— Oui.

— Eh bien! moi je cherche Ève, pour mon compte, et je la crois ici. Un seul de nous doit cependant arriver jusqu'à elle. N'êtes-vous pas de mon avis?

— Précisément.

— Alors, vous comprenez ce qu'il nous reste à faire.

— Oui, un duel; mais comment...

— Attendons ici, jusqu'à demain.

— Non, je ne vous proposerai pas un duel au couteau, vous êtes blessé et les forces vous manqueraient; puis, mon père, qui, je ne sais pourquoi, vous a ménagé dans la grotte de Notre-Dame, m'a dit que vous n'étiez pas de force.

— Comment! c'était votre père?..

— Oui, et pour le remercier de sa générosité, vous avez tenté de l'assassiner depuis.

— L'assassiner!

— Oui, dans la salle aux gardes, le jour où Ève lui a été reprise.

— Je vous jure, Pierrebuff, que...

— Je ne vous crois pas.

— Pierrebuff, nous sommes ennemis et nous devons l'être; nous nous battrons à mort dans un instant, mais auparavant, laissez-moi vous prouver que je n'ai été pour rien dans le crime dont vous parlez. Combien y a-t-il de jours qu'on a tenté d'assassiner monsieur votre père?

— Dix jours, aujourd'hui.

— Il y a dix jours, j'étais au lit des suites de ma blessure.

— C'est vrai! fit Jean.

— Et puis, si j'avais coopéré à arracher Ève des mains de votre père, je saurais où elle est, et je ne la chercherais pas.

— Je vous crois, fit Jean d'un ton convaincu; mais les assassins de mon père, vous les connaissez?

— Comme vous, j'ai des soupçons, et sans doute que ce sont les mêmes; mais cette affaire n'est pas mienne. Avez-vous des pistolets?

— Oui.

— Eh bien! battons-nous.

— L'obscurité...

— On se voit à dix pas.

— Bien! mesurez les pas.

— Mais pour que les choses se passent loyalement, fit Carlos, il faudrait un signal, et quelqu'un pour le donner.

— Je le donnerai, fit une voix, qui fit tressaillir Pierrebuff; placez-vous à dix pas l'un de l'autre, et au troisième coup que je frapperai dans mes mains, vous tirerez tous deux.

Carlos se retourna; il vit à deux pas de lui un homme de petite taille enveloppé des pieds au front dans un vaste manteau.

— Qui êtes-vous? demanda-t-il à l'inconnu.

— Ni chien ni loup, lui répondit une voix fraîche, jeune mais légèrement railleuse; ni pour Jean ni pour Carlos; mais votre témoin à tous deux.

— Vous nous connaissez donc?

L'ombre fit un signe affirmatif.

— Eh bien, soit! vous serez notre témoin.

— Placez-vous, fit l'inconnu en s'asseyant sur une large pierre.

Carlos compta dix pas et s'arrêta.

— Me voyez-vous? dit-il à Jean.

— Oui, parfaitement, et vous?

— Moi aussi.

— Alors préparez-vous, fit l'inconnu.

— Nous sommes prêts; répondirent ensemble les deux jeunes gens.

— Attention, alors, un... deux... trois!

Les deux coups de feu partirent ensemble, Jean resta debout, sa casquette d'aspirant lui fut seule enlevée par la balle de son adversaire. Quant à Carlos, son corps eut deux ou trois oscillations, puis le malheureux s'affaissa en murmurant ce seul mot:

— Ève!...

— C'est fait! fit l'inconnu, et d'un...

— C'est toi, Berthe? demanda Jean à l'ombre.

— Oui.

— Mais comment...

— En deux mots Berthe mit son frère au courant de la mission dont leur père l'avait chargée.

— Mais pourquoi es-tu venue ici, ce soir ?

— Si cet homme eût essayé de te frapper par derrière, j'eusse été là... Te sachant ici, j'ai prévu que vous vous rencontreriez et je ne me suis pas trompée.

— Merci de ton intention, Berthe.

— Il n'y a pas de quoi, va, répondit la jeune fille en serrant la main que son frère lui tendait.

XIX

Dans le souterrain.

— Je crois ton expédition manquée pour cette nuit, fit Berthe à son frère.

— Pourquoi ?

— Parce qu'on aura entendu de tous côtés le bruit de la double détonation et que probablement quelqu'un va venir.

— Cachons-nous et attendons ; si personne ne vient je continuerai mes recherches, car cette nuit même il faut qu'elles aient un résultat.

— Pourquoi cette nuit plutôt qu'une autre ?

— Parce qu'Ève est ici et que Kanigal, caché sous ou dans ce tas de fagots et qui nous entend peut-être, est son gardien. Il a sans doute tout vu et tout entendu, demain il dira tout au comte ; le cadavre de Carlos viendra confirmer ses révélations, et l'on changera Ève de prison, comprends-tu ?

— Ce n'est pas difficile. Tu as raison, il faut que cette nuit même nous sachions à quoi nous en tenir sur le sort de la fiancée de Josepha.

— Mais toi, tu vas retourner au château.

— Non, je reste ; hier soir ma maîtresse m'a donné vingt-quatre heures pour aller chez mes parents chercher mes effets.

— Bien ; alors, reste.

Tout en devisant de la sorte les deux jeunes gens prêtaient l'oreille au moindre bruit venant des environs.

Tout était silencieux et sombre, pas une lumière, pas une voix, rien.

— Si quelqu'un nous a entendus, fit Jean, il aura pensé à un braconnier et se gardera bien de se déranger, mais attendons encore quelques instants.

Tout à coup Berthe dit à son frère :

— Je ne sais si je vois trouble ou si c'est un effet de l'obscurité ; mais je crois avoir vu remuer un fagot.

— Ça n'a rien d'étonnant puisque Kanigal est dessous ou dedans ce tas de *bourrées*. Laquelle as-tu vue remuer ?

— Celle-ci, fit Berthe en désignant à son frère un fagot qui se trouvait à leurs pieds.

Jean l'enleva brusquement et il vit une partie de l'ouverture qui servait au négrier pour descendre dans le souterrain.

— Ah ! maître Kanigal, fit Jean, le bruit de nos pistolets a interrompu votre sommeil et vous voudriez bien nous fausser compagnie. Nous allons voir.

En disant cela, Jean désempilait les fagots avec une telle rapidité que l'entrée du souterrain fut bientôt entièrement découverte.

— Tu vas descendre dans ce trou ? demanda Berthe à son frère.

— Oui.

— As-tu de la lumière au moins ?

— Prévenu par mon père et par Nerella, j'ai pris mes précautions, j'ai tout ce qu'il faut.

Kanigal, que son état d'idiotisme rendait peu dangereux, s'était blotti tout tremblant au fond du trou. La peur plutôt que le raisonnement lui avait fait mettre à la main un mauvais couteau dont il eût été fort embarrassé de se servir.

Quand Jean eut allumé une lumière et qu'il regarda dans le souterrain, afin de s'assurer qu'il pouvait y descendre sans danger, dans un coin il vit l'idiot qui se collait à la pierre comme une masse informe. Par Nerella Jean savait ce qu'il avait à craindre et à attendre de Kanigal.

Il ne devait en espérer aucun renseignement, l'idiot ne parlait jamais. « La torture, avait dit Nerella, ne lui ferait pas desserrer les dents, on le dirait privé de l'usage de la parole ; mais il est complètement inoffensif tant au physique qu'au moral.

— Que fais-tu là ? fit Jean au négrier avant de descendre dans le trou.

Kanigal répondit par son grognement accoutumé.

— Attends un peu... et tu vas voir. Tiens la lumière, Berthe.

Berthe prit la lumière des mains de son frère et celui-ci sauta dans le souterrain, son poignard à la main, et de façon à faire face au pirate.

Le grognement de celui-ci se changea en hurlement ; il se redressa et fit mine de vouloir se défendre, en brandissant son *eustache* ; mais, quand il vit Jean s'avancer sur lui, il jeta son couteau, tomba à genoux aux pieds du jeune homme et joignit les mains en accompagnant le tout d'une mine piteuse et désespérée.

— Jette-moi le sac d'où j'ai sorti la lumière, fit Jean à sa sœur.

Berthe jeta une carnassière à son frère, celui-ci en tira une forte corde, dont il s'était muni pour le cas où il eût eu besoin, soit avec Ève, soit sans elle, de descendre d'une hauteur quelconque, il coupa un bout de cette corde et en un instant le négrier fut solidement garrotté aux mains et aux pieds.

Il n'avait fait aucune résistance, ni poussé aucune plainte.

— Maintenant, descends, dit Jean à sa sœur.

Le frère et la sœur s'engagèrent sans hésiter sur la pente douce de l'étroite galerie ; avant de s'éloigner, cédant à un mouvement de pitié, Berthe avait jeté son manteau sur Kanigal, qui, comme il avait pu, s'était empressé de s'en envelopper.

La jeune fille était vêtue d'un habit de pêcheur du même genre que celui que portait le *pilote* quand il était à terre.

On sait qu'il y avait une lieue des Dunes aux ruines. On peut donc se figurer l'étendue du souterrain qui, sous le château, formait un véritable réseau ; car on y descendait, au moyen âge, par plusieurs escaliers construits dans des tours ou dans des corps de bâtiments fort éloignés les uns des autres. Le comte, afin d'éviter des accidents, et aussi un peu pour se débarrasser des visites d'une foule de curieux qui n'eussent pas manqué de demander à visiter les souterrains, avait fait murer solidement toutes ces issues ; l'entrée seule de la grande tour avait échappé à sa perspicacité.

On comprend que l'entreprise dans laquelle Jean et Berthe se lançaient si légèrement présentait bien ses dangers.

Le frère et la sœur passèrent sans rien voir devant la pierre tournante qui fermait l'entrée de l'oubliette où était Ève, et ils continuèrent à s'avancer hardiment. Après une heure et demie d'une marche pénible, car un grand nombre de pierres gisaient à terre et le terrain était parfois très-glissant, Berthe dit à son frère :

— Jean, je suis fatiguée.

— Arrêtons-nous, alors.

Le frère et la sœur s'assirent dans un endroit où la galerie était bien sèche.

— Jean, reprit la jeune fille après un silence, vois donc s'il y a beaucoup d'huile dans le godet de la lanterne.

— La mèche est longue, répondit le marin, et s'il n'y a plus d'huile dans le godet, j'en ai, ainsi que des provisions, dans ma carnassière.

— Mais où est-elle, ta carnassière ?

— Ne l'as-tu pas ?

— Non, je l'ai jetée quand tu as attaché Kanigal.

— *Diou biban !* laissa échapper le Béarnais.

— Nous sommes perdus! fit Berthe.

— Non, nous allons retourner sur nos pas.

— Aurons-nous le temps?...

Jean ouvrit la lanterne et dévissa le couvercle du godet, il était presque à sec.

Sans prononcer une plainte, sans jeter un cri d'alarme, sans s'adresser réciproquement des reproches inutiles sur l'oubli du carnier, ils échangèrent un regard triste et significatif; puis se levèrent pour reprendre le chemin qu'ils venaient de parcourir.

— Donne-moi le bras, et appuie-toi sur moi, dit Jean.

— Non, ce n'est pas la peine.

— Comment cela?

— Nous n'irons plus loin à présent.

— Pourquoi?

— Ne vois-tu pas que la lumière baisse.

— Nous marcherons sans lumière, il n'y a qu'à suivre tout droit, et c'est facile, en tenant continuellement une main sur l'une des parois de la muraille. Donne-moi ton bras, enfant, et n'aie pas peur.

— Peur! fit Berthe, plaisantes-tu? Je souffre, et c'est tout. Il me semble qu'on ne peut respirer ici, que l'air et la respiration vont me manquer, mais avoir peur, jamais!

Comme Berthe prononçait ces mots, la lampe jeta une grande lueur, vacilla une seconde, puis s'éteignit.

Jean continuait à marcher cependant en soutenant sa sœur. Mais Berthe trébucha tout d'un coup en poussant un gémissement de douleur.

— Tu t'es blessée? s'écria Jean.

— Je le crois.

— Reposons-nous, et dans un instant, si tu ne peux marcher, je te porterai!

— Non, je t'en prie, laisse-moi ici. Je me suis donné une entorse.

— Moi t'abandonner!

— Ce n'est pas ce que j'ai voulu dire. Je voulais seulement t'engager à chercher seul l'entrée du souterrain, où tu as laissé ta carnassière. Alors tu reviendras me chercher.

— Non, fit Jean, je ne t'abandonnerai pas une minute. Viens! viens!

Berthe fit ce que voulait son frère. Jean la prit dans ses bras, et se remit en marche. C'était Berthe qui touchait la muraille de la main, et dirigeait la marche.

Jean marcha avec son fardeau une heure sans s'arrêter.

— Il me semble que nous n'avons pas marché si longtemps, en venant, lui dit Berthe.

— Je crois que nous sommes égarés, répondit Jean.

Au bout d'un quart d'heure il fut forcé de s'arrêter; le souterrain n'allait pas plus loin.

— Retournons, dit Jean d'un ton féroce.

On retourna.

. . . .

Depuis près de sept heures, Jean marchait dans les souterrains, ne s'arrêtant de temps à autre que quelques minutes en posant son précieux fardeau à terre. Il était à bout de forces.

— Berthe, dit-il, il nous faudra mourir ici. J'en ai peur.

— Eh bien nous mourrons, repartit Berthe, en frissonnant à l'idée de souffrir trois ou quatre jours de la faim avant de mourir.

— As-tu froid, Berthe?

— Non, mais je dormirais bien.

— Moi aussi, dormons.

Le frère et la sœur n'avaient pas envie de dormir, mais de réfléchir. Tous deux fermèrent les yeux et feignirent de sommeiller, Berthe, la tête sur les genoux de Jean.

XX

Les secrets du frère et de la sœur.

Quoique ce fût avec la ferme intention de ne pas s'endormir que Jean eût répondu à sa sœur « dormons, » il fut vaincu par le sommeil, comme il l'avait été par la fatigue.

Le fils du pilote était de ces hommes qui, sachant qu'ils mourront le lendemain, s'endorment en souriant.

Berthe, au bruit de la respiration de Jean, devenue cadencée, sonore, murmura :

— Pauvre frère, il dort; moi aussi je voudrais bien pouvoir m'endormir!

Comme Berthe faisait ce souhait, elle entendit ces mots prononcés par son frère :

— Ève! Ève! c'est pour toi que je meurs!

Berthe crut d'abord avoir mal entendu, et prêta l'oreille, Jean continua, en coupant ses phrases, par de fréquents et longs silences.

— Oui, Ève, c'est pour toi que je meurs... pour toi que je suis descendu dans ce souterrain!... Mais pour toi, que ne ferais-je pas! car je t'aime!... oh! oui, je t'aime!... et pourtant jamais, oh! non jamais tu n'aurais su le secret de mon amour... N'es-tu pas la fiancée de Josepha? et à ce titre, ne dois-tu pas être sacré pour moi?...

— Oh! mon Dieu! quel secret! pensa Berthe, Jean aime la fiancée de Josepha, la fille de l'assassin de notre père!...

Berthe avait prononcé ces mots plus haut qu'elle ne le voulait sans doute... Jean s'éveilla,

— Qu'y a-t-il donc? fit-il. Pourquoi me réveiller, ma sœur... j'étais si heureux!...

— Tu rêvais de tes amours, sans doute?

— De mes amours!

— Oui, de tes amours!

Et Berthe continua avec mélancolie :

— Et pourquoi n'aimerais-tu pas?... j'aime bien, moi aussi! Mais, hélas! tous deux nous aimons sans espoir!

— Comment?...

— Ne le nie pas; je sais tout; tu aimes Ève, la fille d'un des assassins de mon père, la fiancée de Josepha?

— Oui, et toi?

— J'aime Josepha, le fiancé d'Ève.

— Mon Dieu!

— J'aimais Josepha avant qu'il ne connût Ève... je ne suis donc pas coupable, mais malheureuse.

— Sans doute. Tu l'as aimé comme j'ai aimé Ève. Fatalement. C'est égal, Berthe, l'esprit du mal est dans tout cela; et, aujourd'hui, Dieu nous punit de l'avoir écouté. Tu verras, le sacrifice s'accomplira et sera complet, Berthe, nous mourrons ici.

— Mourir!... Mais Ève... Ève... si elle est ici, tu l'abandonnes donc?

Jean ne répondit pas; il se leva d'un bond.

— Non! non! s'écria-t-il, je ne l'abandonne pas! Marchons!

Et il reprit sa sœur dans ses bras et se remit en marche.

XXI

Dans lequel Marie trouve Richard en cherchant Jean.

Pendant que Jean et sa sœur s'égaraient dans les ruines du

château des sires de la Tremoille, des événements de la plus haute importance s'accomplissaient chez Paul Pierrebuff, au château des Dunes et dans le cachot de Josepha.

Marie, tout en s'associant de grand cœur aux nobles entreprises de son mari, car elle comprenait que Gasparo n'en ferait jamais trop pour Josepha, Marie n'avait pas vu partir ses deux enfants sans éprouver un affreux serrement de cœur. Devant Gasparo, elle n'osait pas pleurer, mais, en secret, elle se désolait.

Un matin, il allait déjà beaucoup mieux, Paul s'aperçut, quand Marie entra dans sa chambre, qu'elle avait les yeux rouges et gonflés.

— Marie, dit Pierrebuff à sa femme, pourquoi me cacher tes larmes comme tu le fais? depuis que Jean et Berthe sont partis, on dirait que tu me crains!

— Oh! non, Paul, crois-le bien; je ne te crains pas, mais si je n'ose pleurer devant toi, c'est que j'ai honte de ma faiblesse.

— Et c'est un tort, la faiblesse, qui serait un défaut chez nous, est une qualité chez les femmes, et surtout chez les mères; mais quelle est la cause de tes chagrins?

— Écoute, Paul, je t'en prie, ne me blâme pas; mais l'entreprise dans laquelle tu as lancé Jean et Berthe me semble si périlleuse, après ce qui t'est arrivé à toi-même!

— Je te comprends, fit Pierrebuff; et pourtant je ne puis rappeler les enfants!

— C'est vrai, mais je puis les rejoindre, moi, si tu veux?...

— Les rejoindre?

— Oui. Laisse-moi aller aux ruines.

— Soit! Mais tu n'iras pas seule. Dis à Nerella de courir chercher le Warlek.

— J'y vais.

Nerella, prévenue par Marie, se rendit sur la plage et fit ce que désirait le pilote.

Le Warlek accourut.

— Qu'y a-t-il, capitaine?... demanda-t-il au blessé.

— Il y a que, depuis deux jours, Jean n'est pas rentré.

— C'est vrai.

— Et que Marie craint qu'il ne lui soit arrivé quelque chose. Tu vas accompagner ma femme aux ruines.

— Pourquoi n'irais-je pas seul?

— Parce que je veux que tu y ailles avec Marie et la marquise.

— C'est différent. Partons.

Julie, la seconde fille de Pierrebuff, entra à ce moment dans la chambre de son père et lui dit:

— La sœur Ursule envoie un infirmier qui demande à vous parler tout de suite.

— Fais-le entrer, ma fille.

L'infirmier fut introduit auprès du pilote; il venait l'informer, de la part de la sœur, que Berthe, depuis vingt-quatre heures, avait disparu du château des Dunes.

A cette nouvelle, tous les assistants échangèrent un regard d'angoisse.

— Oh! partons! partons! s'écria Marie, un pressentiment me dit qu'il se passe quelque chose d'affreux dans ces ruines maudites.

— Que ne puis-je me lever! murmura Pierrebuff.

— Ne va pas faire l'enragé, et te lever pendant que nous ne serons pas là, dit le Warlek. Du reste, je vais prendre mes précautions pour que tu n'envoies pas le lit au diable, et, de plus, puisque les choses prennent cette tournure, je vais emmener le petit Joseph et le Nantais.

— A ton aise!

Peu après, le Warlek installait deux robustes matelots de l'Émérillon au chevet du pilote, et leur donnait cette consigne d'un ton doctoral:

— Mes enfants, le capitaine est dangereusement blessé; pour guérir, il ne doit pas se lever. Pendant mon absence, vous aurez l'œil sur lui. Et, tonnerre!... si vous voulez le revoir bientôt à bord, vous devez comprendre ce que je veux dire.

Les deux matelots firent signe qu'en effet ils comprenaient.

Le Warlek rejoignit les deux femmes qui, dans leur impatience, étaient déjà montées en canot.

— Avez-vous des armes, des provisions, des cordes et un falot, comme j'ai dit? demanda le Warlek à ses matelots en s'asseyant au gouvernail.

— Oui, lieutenant, répondit le Nantais.

— Eh bien! nage et d'aplomb; car nous n'avons pas le temps de lanterner en route.

Le canot partit comme une flèche et arriva de même.

Bientôt le Warlek, ses matelots, Marie et Nerella, ayant mis pied à terre, montèrent en voiture. Quoique traîné par deux petits chevaux bretons qui revenaient du labour, le véhicule ne mit pas plus d'un quart d'heure à arriver sur le chemin communal qui, du côté des ruines, limitait la propriété de M. le comte de Mérinval. L'oncle de Jean fit arrêter le carrosse près de la haie vive fraîchement plantée dont nous avons parlé; et la petite troupe, après l'avoir franchie sans permission du garde, s'engagea dans un bois taillis qui séparait le chemin des ruines de la Tremoille.

Nos chercheurs aventureux ne risquaient guère d'être inquiétés ce jour-là dans leur excursion; depuis deux jours le comte et del Mona étaient à Vannes, et l'on sait ce que les souris font en l'absence du chat.

Les gardes du comte ne dansaient pas précisément, mais ils profitaient de son absence pour cultiver de leur mieux quelque lopin de terre à eux appartenant, qui les aidait à se nourrir, eux, leurs femmes et leurs enfants. Le Warlek et les siens eussent donc pu emporter le château des la Tremoille sans que personne les en eût empêchés.

On arriva dans la salle aux gardes. Le Warlek et Nerella firent voir à leurs compagnons la place où ils avaient relevé le capitaine. La salle qu'avait occupée Nerella, et où rien n'avait été dérangé, fut aussi visitée. Elle était déserte comme le reste.

— Cependant Jean, au moins, doit être ici! s'écria Marie avec désespoir.

— Marie, patientez un peu, dit Nerella; nous allons monter sur les tourelles.

— Quand bien même Jean serait sur les tourelles, reprit Marie, il nous entendrait, et nous verrait assurément. Le Nantais a une voix qui dominerait le mugissement de la tempête.

Pour donner raison à la femme de son capitaine, le Nantais appela:

— Jean!... Jean!.., Berthe!... Berthe!...

L'écho plaintif et lugubre des ruines renvoya seul les noms des enfants du pilote.

Marie et ses compagnons montèrent sur toutes les tourelles, fouillèrent toutes les chambres basses ou hautes, toutes les caves, tous les coins, regardèrent dans les puits, allèrent jusqu'à faire rouler des pierres énormes, afin de regarder dessous. Le tout inutilement.

On s'était engagé dans un sentier étroit, et à peine tracé parmi les pierres, les ronces, les broussailles et les orties. C'était le chemin que le comte de Mérinval avait suivi pour porter Ève des ruines au souterrain; c'était aussi par ce sentier que Jean était descendu à la recherche de Jean.

— Quelqu'un a passé par ici, il y a à peine quelques heures, dit le Warlek. Ces branches rompues, ces herbes froissées, sont autant de traces infaillibles. Et ce quelqu'un devait voyager la nuit, sans cela il eût évité ces ronces ou ces pierres. Suivons ces voies; car je crois que nous sommes sur celle de Jean.

L'observation de le Warlek ramena un peu d'espoir dans le cœur de la pauvre mère.

On arriva à la grande tour, et la première chose qui frappa les regards de Marie et de ceux qui la suivaient fut le corps de Carlos del Mona, étendu au milieu d'une mare de sang.

— Oh! mon Dieu! mon fils! s'écria Marie avec terreur.

Tout en pensant à Jean sur le compte duquel elle se trompait, Marie avait dit vrai: C'était son enfant, qu'elle voyait là!

— Mais non, Marie, vous vous trompez, dit le timonnier; quoique ce cadavre nous tourne le dos, vous voyez bien que ses vêtements ne sont pas ceux de Jean.

— C'est vrai, dit Marie, mais mon fils?

— Attendez un peu, ça sent la poudre en diable, ici. Ce cadavre tient un pistolet déchargé à la main, voici du papier qui a servi de bourre à une arme à feu ; donc il y a eu bataille, et Jean a gagné la partie.

— Mais où serait Jean, alors? sans doute que les complices de cet homme l'ont tué à son tour, insista Marie.

— Non, ce combat a eu lieu sans témoin, sans cela ceux-ci eussent enlevé ou fait enlever ce corps! Jean s'est éloigné... caché, sans doute.

Nerella partageant l'avis émis par le timonnier, Marie commençait à se rendre à ce que tout le monde appelait l'évidence, quand tout à coup elle eut un frémissement. Elle venait d'entendre un soupir auprès d'elle.

— Avez-vous entendu? demanda-t-elle à Nerella.

— Non, quoi?

— Un soupir...

Mais elle avait à peine achevé, qu'un second soupir, un râle, se produisit.

— Lieutenant! cria le Nantais au Warlek, qui continuait son exploration pour l'acquit de sa conscience, le mort qui n'est point mort!

En deux bonds le Warlek eut rejoint ses compagnons.

— Que me chantez-vous là, dit-il, le mort qui n'est point mort! Alors c'est que le mort est vivant, imbéciles!... Le Warlek se baissa et retourna Carlos, qui était tombé le visage contre terre.

— Ça ne servirait-il qu'à nous faire savoir qui c'est, disait le Warlek, en mettant del Mona sur le dos.

Quand ce fut fait, il reprit :

— Un inconnu.

Et il se releva en jetant un regard d'interrogation à ses compagnons, comme pour leur demander si l'un d'eux connaissait le blessé.

Tout à coup, il remarqua que Marie était d'une pâleur effrayante, et que ses regards s'attachaient avec une fixité aussi étrange qu'inconcevable sur le visage du blessé.

— Qu'avez-vous, Marie? demanda le Warlek.

— Oh! mon Dieu, veuille que je me trompe! répondit la malheureuse mère.

— Mais enfin?...

— Ces traits...

Tous les assistants regardaient Marie avec autant d'effroi que de pitié. Ils croyaient qu'elle devenait folle.

— Cette cicatrice au menton !... Oh! oui, c'est lui !...

— Qui? demanda enfin le Warlek.

— Mon fils, Richard! s'écria la malheureuse mère, qui, épuisée par tant d'émotions diverses, fut forcée de s'appuyer sur Nerella pour ne pas tomber.

Le Warlek se rappela alors, mais très-confusément, l'histoire d'un enfant volé ou dévoré par un ours, que lui avait racontée autrefois Gasparo.

— Son fils! s'étaient écriés avec étonnement Nerella et les deux marins, qui ne connaissaient rien de cette histoire.

— Oui, mon fils! reprit Marie, mais il faut s'en assurer d'abord, et le sauver ensuite.

— Comment! s'en assurer?...

— Relevez la manche de ses vêtements et celle de sa chemise, jusqu'à la saignée du bras gauche.

Le Warlek obéit.

A peu près à l'endroit où se trouve la saignée, et sur le

bras indiqué par la femme du pilote, Carlos avait ces deux lettres tatouées en majuscules :

G. M.

Ce qui signifiait : *Gasparo ! Marie !*

— Oh ! grand Dieu ! c'est lui... s'écria celle-ci, je vous en prie, Nerella... madame la marquise... sauvez-le...

La malheureuse mère s'était agenouillée près de Carlos ; elle déposa un long baiser sur son front ensanglanté.

Sous la chaleur de ce baiser maternel, l'âme de Carlos, prête à s'envoler sa misérable enveloppe, s'arrêta dans son essor, et le blessé ouvrit les yeux à demi.

Le premier mot qu'il prononça fut celui-ci :

— Eve !

XXII

Deux mères éplorées.

Carlos était blessé mortellement, cependant Nerella dit à Marie d'espérer, la balle avait frappé en pleine poitrine du côté droit. Un poumon avait été touché ; mais, fort heureusement, le projectile était ressorti sous l'omoplate sans rien briser.

— Il faut l'emporter à la falaise, dit Marie.

— Oui, mais qu'on prenne bien des précautions ; car ce trajet pour lui est dangereux.

— La voiture ira au pas.

— Mais d'ici à la voiture ?

— Et *mes matelots ?* dit le Warlek ; dans tous les cas, il nous faut attendre la nuit ici, car nous ne pouvons au grand jour sortir cet homme de la propriété de M. de Mérinval.

— Mais s'il venait, lui, ou del Mona ?

— Mes matelots et moi nous le recevrions bien.

— Ah ! bon ! à la bonne heure ! et le petit Joseph au Nantais, je vois d'ici les coups de pistolets. Ce diable d'homme est capable de nous faire tirer sur un chrétien comme sur une cible.

— Et puis après... repartit le gabier.

— Après... après... c'est que quand on tire sur les gens, es gens ont bien le droit de tirer un peu sur vous...

— Ensuite ? aurais-tu peur ?

— Peur ! allons donc ! Sache bien, une fois pour toutes, que mon père a été un des chouans les plus terribles de Catelineau, et mordieu ! sauf les opinions, le fils tient de son père.

— Mais alors ?

— C'est que tu n'as pas un portefeuille rouge dans la tête, toi...

— Que diable me chantes-tu là, avec ton portefeuille ?

— Oui, quoi, une fortune !

— Quelle fortune ?

— Eh bien ! oui, et si je venais à mourir elle serait perdue pour celui à qui je dois la remettre ; car il n'y a que moi qui sais le secret de la cachette du portefeuille rouge.

— Du diable ! si je te comprends avec ton *satané* portefeuille rouge.

— Tu n'as pas besoin de comprendre.

— Cependant, quand on cause, c'est pour s'entendre, fit le Nantais, dont la curiosité était singulièrement surexcitée par les paroles énigmatiques de son compagnon.

— Suffit, Nantais, je te conterai cela plus tard.

Pendant cette conversation, suivie à voix basse par les

deux matelots, le Warlek, Marie et Nerella avaient décidé de gagner les ruines. Là, on attendrait la nuit.

— Allons ! *mes matelots,* fit le timonnier.

— Que faut-il faire, lieutenant ? demanda le Nantais.

— Prends le blessé par le haut du corps.

— C'est fait, lieutenant.

— Toi, petit Joseph, prends-le par les jambes.

— Comme ça ?

— Oui.

On arriva aux ruines, et Carlos fut déposé sur le lit de Nerella qui, avec des herbes sèches qu'elle avait en réserve et qu'elle tria préalablement avec le plus grand soin, se mit à composer une sorte de cataplasme qui, disait-elle, produirait un effet merveilleux. Pendant que le tout cuisait, elle pansa avec un rare talent la blessure de Richard. Marie la regardait faire ; elle suivait des yeux tous les mouvements de la vieille dame, et dans ses regards se peignait toute sa reconnaissance.

A la nuit, le blessé fut porté et installé dans la voiture, Marie et Nerella y montèrent avec lui. Le Warlek se hissa près du cocher, après avoir dit à *ses matelots :*

— Faites-moi voir que vous avez de bonnes jambes, et courez à la falaise dire qu'on prépare et qu'on bassine un lit ! Si on vous demande qui c'est, afin de n'alarmer personne, vous direz que vous l'avez vu et que ce n'est ni Jean, ni Berthe ; mais un étranger. Détalez.

Le Nantais et le petit Joseph détalèrent au pas gymnastiqué.

— Et ton portefeuille rouge ? dit tout en courant le gabier à son jeune compagnon.

— Le portefeuille rouge !... mon matelot... je suis *essoufflé* et je ne puis parler, je te conterai cela une autre fois, je te le répète.

Les deux marins étaient arrivés chez Pierrebuff ; on y prépara en toute hâte la chambre de Berthe pour le blessé, il avait supporté parfaitement le voyage. Mais, quoique vivant encore, il était évanoui quand on le coucha dans le lit de sa sœur.

Aussitôt de retour, Marie s'était enfermée avec Pierrebuff. On devine l'explication qu'elle lui donna des événements.

Pierrebuff ne pouvait en croire ses oreilles, et il eut bien de la peine à se convaincre que c'était réellement Richard que Marie avait retrouvé en cherchant son fils aîné. Cependant, en réfléchissant bien, et d'après ce que sa femme lui dit du blessé, le pilote finit par découvrir la vérité ou à peu près.

— Te rappelles-tu Mariana, la femme de Josepha ? demanda-t-il à sa femme.

— Oui.

— Tu te souviens aussi, sans doute, de la manière dont elle quitta son mari ?

— Comment ne m'en souviendrais-je pas ; c'est à partir de cette époque que Josepha vint habiter chez nous, qu'il fit la contrebande et que son enfant devint le nôtre.

— Eh bien ! Mariana, après la mort de son mari, aura eu des remords, et elle se sera dit : « Si j'ai été mauvaise épouse, je ne serai pas plus longtemps mauvaise mère. Bref, elle n'aura pas voulu abandonner plus longtemps le soin de son fils à des mains étrangères, et probablement qu'elle aura chargé son amant, aujourd'hui son mari, de venir chercher l'enfant dans nos montagnes. Del Mona se sera trompé ; ou, peut-être avec intention, afin de ne pas toujours se trouver en face du fils de l'homme qu'il a déshonoré, aura-t-il fait exprès d'enlever Richard au lieu de Jean.

— Tu as sans doute raison. Mais Mariana ?...

— Il faut lui écrire, la faire venir ici, la détromper, et lui dire où est le véritable Josepha. Ce sera une amitié de plus acquise à ce dernier, qui a besoin de tant de sympathies. Va dire à Julie qu'elle vienne me servir de secrétaire.

Marie sortit, et ne tarda pas à revenir avec sa fille auprès du blessé.

Cette conviction bien acquise, Pierrebuff lui dicta la lettre suivante pour Mariana :

« Madame,

« Un père et une mère doivent comprendre ce que vous souffrez de la disparition de votre fils, dont vous n'avez aucune nouvelle depuis deux jours; aussi, ma femme et moi, nous empressons-nous de vous écrire pour vous donner des renseignements.

« Venez à Lorient, demandez au premier matelot de vous conduire à la falaise, près de laquelle habite le pilote de la Manche, et vous saurez ce que vous désirez savoir.

« Le plus grand secret, jusqu'à ce que vous m'ayez vu, vis-à-vis M. del Mona.

« PAUL PIERREBUFF. »

— Qu'on mette un canot à la mer, et qu'un matelot porte cette lettre au château des Dunes, à madame del Mona elle-même.

Le Nantais se remit en route, le jour commençait à poindre, il n'était que six heures quand il arriva aux Dunes; et pourtant Mariana était déjà levée, elle était chez la comtesse.

Les deux mères, désolées de la mystérieuse disparition de leurs enfants, échangeaient leurs pénibles confidences.

MM. de Mérinval et del Mona étaient toujours à Vannes.

La comtesse avait vieilli de vingt ans en quinze jours; d'abondants cheveux gris, en argentant son front, avaient placé cette tête, autrefois toujours souriante, dans la catégorie des têtes vénérables. Ce changement avait commencé la nuit où la comtesse avait surpris Josepha dans la chambre de sa fille. Depuis cette nuit terrible, madame de Mérinval, dont la conscience avait toujours été si pure, l'esprit si tranquille, avait des regrets, des remords, des instants de folle et affreuse terreur.

Vingt-quatre heures après l'arrestation du malheureux marin, elle était convaincue de l'innocence de ce dernier, ne doutait plus qu'Ève lui eût dit la vérité, ni que son mari fût un misérable lancé dans une voie fatale et criminelle.

Quelle affreuse certitude, pour une femme qui avait toujours vu dans son mari un modèle de toutes les perfections.

De plus, madame de Mérinval regrettait amèrement d'avoir favorisé les projets du comte contre Josepha; le silence coupable qu'elle gardait sur les événements, pour ne point perdre son mari, était la cause de ses remords et de ses insomnies.

Quant à Mariana, si elle avait eu de grands torts dans sa jeunesse, si jadis elle avait commis de grandes fautes, sa conduite à l'égard de Carlos, son amour pour cet enfant qu'elle croyait le sien, et qui lui rappelait douloureusement le passé, prouvent assez que le cœur de cette femme était bon et généreux encore. Aussitôt arrivée au château, elle s'était aperçue de la morne tristesse de la comtesse, qui lui apparut comme une victime. Sans commettre l'indiscrétion de chercher à connaître les motifs qui déterminaient madame de Mérinval à s'enfuir dans l'isolement le plus complet, Mariana, avec beaucoup de tact, de sensibilité et de délicatesse, lui fit les premières avances; madame de Mérinval, qui ignorait la part que prenait del Mona à toutes les entreprises de son mari, admit Mariana dans sa solitude, éprouva quelque soulagement de son amitié et de ses consolations; mais elle ne lui confia ni ses chagrins, ni la cause de ses larmes.

On comprend qu'il devait lui être pénible de déshonorer l'homme qu'elle avait tant aimé aux yeux d'une étrangère; mais Mariana, plus clairvoyante que sa nouvelle amie, avait deviné la complicité du comte et de del Mona dans des intrigues plus que tortueuses dont elle ignorait complètement le but : la condamnation du vrai Josepha.

Quand la scène de la grotte de Notre-Dame était arrivée,

scène dont Carlos seul, au château, avait bien connu les détails, Mariana s'était alarmée. Depuis longtemps déjà elle avait fait ses observations sur le mauvais naturel de Carlos, et elle craignit que celui-ci, aveuglé par la passion, ne consentît à servir de complaisant instrument aux deux complices. Mariana fit part de ses craintes à la comtesse, qui les partagea; la disparition d'Ève, se prolongeant, vint déjouer toutes les suppositions des deux amies, qui, cédant à un besoin d'épanchement, avaient enfin épuisé le chapitre des confidences, quant à leurs craintes et à leurs angoisses.

La disparition de Carlos blessé, en jetant Mariana dans un profond désespoir, raviva les terreurs de la comtesse. Les deux femmes passèrent la nuit suivante, celle où Carlos était reçu chez Pierrebuff, à attendre, à prier et à pleurer.

Ce fut dans cette position désespérée que Mariana reçut le message du pilote de la Manche.

XXIII

Paul Pierrebuff déchire le voile et fait tomber le bandeau.

— Mon fils est en lieu sûr, lisez... fit Mariana en tendant précipitamment la lettre de Pierrebuff à la comtesse.

— Pourquoi ne vient-il pas lui-même? fit observer madame de Mérinval après avoir lu la lettre.

Cette simple question, qu'il était si naturel de se faire, eut bientôt raison de la joie de Mariana; elle pâlit et répéta :

— C'est vrai, pourquoi n'est-il pas venu, ou au moins n'a-t-il pas écrit lui-même?

Évidemment, la lettre du pilote de la Manche cachait quelque nouveau malheur.

Mariana essaya d'interroger le matelot, mais le Nantais lui répondit, comme il en avait reçu l'ordre, qu'il ne savait rien, qu'il n'avait rien vu.

Le matelot parti, Mariana dit à la comtesse :

— Que pensez-vous de cette lettre?

— Il faut aller à la falaise.

— Oh! telle est bien aussi mon intention.

— Je vous accompagnerai, car, si Paul Pierrebuff a des nouvelles de Carlos, il est possible qu'il en ait aussi d'Ève.

Un quart d'heure plus tard, les deux comtesses montaient en voiture. Arrivées à Lorient, sur le port, elle trouvèrent le Warlek qui, avec ses matelots, les attendait dans un canot de l'Émérillon.

Au commandement : Embarque! prononcé par le Warlek, le canot bondit sur la lame en piquant sur la falaise.

En entrant dans la chambre où étaient les deux blessés, car Pierrebuff avait fait apporter Carlos ou plutôt Richard dans un lit près du sien, les deux dames ne virent que Pierrebuff. Celui-ci, pour ne pas causer d'abord une émotion inutile à Mariana, puisqu'il était décidé à lui dire ensuite que Carlos n'était pas le fils de Josepha, avait fait entourer le lit de del Mona d'un paravent.

— Pardonnez-moi, mesdames, de vous recevoir couché, dit Pierrebuff; mais j'ai été blessé, il y a dix jours.

— Grièvement blessé? demanda la comtesse avec intérêt. Quant à Mariana, elle ne pensait qu'à son fils.

— Oui, madame, très-grièvement, répondit Pierrebuff; et pour une cause qui ne vous est pas complètement étrangère. Aussi, quoique ne vous ayant pas priée, dans ma lettre, d'accompagner madame del Mona, suis-je enchanté que vous soyez venue, l'explication sera complète.

— Que voulez-vous dire? fit la comtesse.

— Vous pleurez votre enfant, votre fille, n'est-il pas vrai, madame la comtesse?

— Oh! oui.

— Eh bien! madame, c'est pour l'arracher à ma protection, et certes, ma protection est celle d'un honnête homme, que des gens pervers et infâmes n'ont pas reculé devant un crime en me laissant pour mort dans les ruines du vieux manoir de la Tremoille, qui fait aujourd'hui partie de votre splendide domaine.

Pierrebuff parlait d'une voix lente et grave, ses paroles tombaient une à une, comme les différents chefs d'une accusation solennelle.

— Je ne vous nommerai pas ces deux hommes, poursuivit-il, vous devinez qui ils sont, et je ne veux en rien que vous croyez que j'aie voulu insulter à votre malheur, déjà si grand.

Oui, madame la comtesse, j'étais dans les ruines avec Ève, attendant que l'*Emérillon* vînt nous prendre, quand les hommes en question, après m'avoir endormi avec un narcotique, m'ont poignardé pour m'enlever celle que j'avais juré de sauver.

— Et où est-elle maintenant?

— Je l'ignore, madame.

— Oh! mon Dieu, ma fille!..

— Ne désespérez pas pourtant! Je ne crois pas que ces hommes aient été assez lâches pour tuer un enfant. Ils n'ont qu'un but : empêcher Ève de déposer en faveur de la vérité, dans le procès de M. Marini (ce fut avec intention, et en raison de la présence de Mariana, que le pilote ne prononça pas le nom de Josepha). Il continua :

— Après le procès de ce jeune homme, il est donc à supposer que ces messieurs vous rendront votre enfant; mais vous la verrez auparavant, car moi j'ai juré, et je jure encore sur ma tête, de découvrir Ève et de la rendre à la liberté, avant qu'un jugement ne soit rendu contre Marini, de façon que votre fille, madame, puisse témoigner hautement de l'innocence de celui qu'elle aime.

— Mais cet homme ne s'appelle pas Marini, et son père...

— Silence sur ce sujet, madame, interrompit Pierrebuff avec vivacité; avant de juger le père de Marini, examinez bien la conduite de M. de Mérinval.

Par délicatesse, le pilote n'avait pas dit : « de votre mari...»

— Oh! pardon, monsieur, fit la comtesse, si...

— C'est que j'ai été le compagnon, l'ami, le frère du père de Marini, reprit Pierrebuff avec moins de véhémence, et mon ami était innocent. Les véritables coupables existent encore.

— Son père était innocent?

— Oui, madame, j'en prends Dieu à témoin.

— Et vous connaissez les coupables?

— Je les connais... mais, si vous le voulez bien, revenons à mademoiselle Ève. Où peut-elle être? Dans les ruines encore, sans doute; mais de quel côté des ruines, je n'en sais rien au juste. Seulement, mon fils et ma fille aînés, qui par des moyens différents cherchent à pénétrer le secret de l'endroit où elle est, sauront bien le découvrir, eux!

— Oh! merci, monsieur, pour tout ce que vous faites pour Ève et pour moi!

— Je ne fais que mon devoir, madame. Maintenant, avec votre permission, maintenant que je vous ai donné toutes les espérances que je puis vous donner, je vous serais reconnaissant de me laisser un instant seul avec madame del Mona; à elle aussi j'ai à parler.

Madame de Mérinval se retira :

— Madame, dit Pierrebuff à Mariana, avant de commencer cet entretien, je dois vous avertir que vous allez éprouver une terrible surprise.

— Parlez toujours, monsieur, je suis prête à tout, repartit Mariana, toute émue déjà; car elle avait instinctivement reconnu la voix du pilote, cette voix qu'elle avait si souvent entendue autrefois.

— Je vais m'expliquer, mais vous me le jurez, de l'homme dont je vais vous parler, et de ce que je vous avouerai sur son compte, vous ne direz jamais un mot?

— Je vous le jure.

— Eh bien! madame, cette nuit, Carlos a été grièvement blessé par Jean, mon fils aîné.

— Grand Dieu!

— Ne vous alarmez pas inutilement.

— Mais, monsieur, je suis mère!

— Pas de Carlos.

— Que voulez-vous dire.

— La vérité. Marie? appela Pierrebuff.

Marie accourut.

— Reste ici, lui dit le pilote.

— Maintenant, madame, reprit Pierrebuff, repliez ce paravent.

Mariana obéit machinalement, mais quand elle vit Carlos, cet enfant qu'elle avait aimé si ardemment pendant vingt ans; malgré ce que le capitaine de l'*Emérillon* venait de lui affirmer, elle ne put retenir un cri déchirant.

— Madame, lui dit Pierrebuff, je vous le répète, cet homme dont l'ex-contrebandier del Mona a déjà fait un misérable...

— Oh! tais-toi, Paul! s'écria Marie.

— Laisse, femme! cet homme, dis-je, n'est point votre fils, ni celui de Josepha; mais malheureusement c'est le mien.

— Le vôtre! que voulez-vous dire?.. Qui êtes-vous? s'écria Mariana avec désespoir.

— Josepha aux Pyrénées avait un ami, Mariana?

— Oui, qui, comme moi, a été une des causes de sa perte.

— Eh bien! regardez-moi bien en face.

— Oh! grand Dieu! Gasparo!... s'écria la comtesse après avoir attentivement contemplé le pilote pendant un instant.

— Oui, Mariana, je suis Gasparo, l'ami de Josepha, — son mauvais ange plutôt, hélas! — et c'est pour cette raison que j'ai exigé de vous le serment que vous savez!

— Et que je vous renouvelle; mais Gasparo, ayez pitié de moi, pardonnez-moi!...

— Mariana, reprit le pilote d'une voix douce; tranquillisez-vous, calmez-vous surtout; car vous allez bientôt avoir besoin de tout votre courage, je n'ai pas le droit d'être votre juge; car, bien plus que vous encore, je suis l'auteur de la mort de Josepha. De l'assassinat du vieux pont, votre mari était innocent, moi seul suis coupable.

— Josepha n'était pas votre complice?

— Non, en quoi que ce fût... Ce n'est donc pas à moi de vous pardonner; je dois au contraire solliciter votre indulgence et celle de votre fils.

— Il vit donc?

— Oui.

— Où est-il?

— Vous le saurez dans un instant. Non, je n'ai pas le droit d'être votre juge. Quoi que j'aie autrefois pensé de la légèreté de votre conduite, quoi que j'en pense encore, ce n'est pas à moi à vous jeter la pierre de l'opprobre. Au contraire, ce que vous avez fait pour ce malheureux, — d'un signe de tête le pilote désigne Richard, — l'amour que vous lui avez porté et dont vous lui avez donné tant de preuves, me prouve assez que vous êtes moins coupable que nous l'avions d'abord pensé.

— Oh! oui, Gasparo, je l'ai aimé.

— Je le sais, et cet amour que vous poussiez jusqu'à l'idolâtrie a développé en lui le germe des mauvais instincts, que la faiblesse bien excusable de ma bonne Marie, sa véritable mère, y avait fait naître. Richard avait huit ans quand il fut enlevé. A huit ans, un enfant sait comment il s'appelle; Richard savait qu'il était notre fils et non celui de Josepha. Cependant, pour vivre des parents riches, pour mener une vie plus luxueuse, il a accepté lâchement de jouer un rôle infâme, celui de tromper Mariana et de voler, dans le cœur d'une mère, la place d'un enfant qui avait partagé ses jeux et son berceau. Pour jouer ce rôle ignoble, il l'a renié pour sa mère, il m'a renié pour son père; ses frères et ses sœurs n'ont plus rien été pour lui. Tu l'entends donc et tu le dois croire, Marie, Richard, est un ingrat; un jour son ingratitude fera saigner ton cœur et ton amour.

— Grâce pour lui! Paul, s'exclama Marie.

Le ton sévère de Pierrebuff, en parlant de Richard, l'avait effrayée.

Mariana ne jetait plus qu'un regard de mépris, et presque de haine sur celui qui, pendant vingt ans, avait à ses côtés volé la place de son véritable fils.

— Mais mon fils, Gasparo? s'écria-t-elle.

— Maintenant, Mariana, je vais vous dire où il est, répliqua Pierrebuff. Mais du courage encore une fois!

— Si triste que soit sa position, je ne désespérerai pas, Gasparo; ce serait lâcheté, vous ayant avec moi, vous et vos amis.

— Bien. Au château des Dunes avez-vous entendu parler d'un nommé Marini?

— Oui, vous-même en parliez encore, il n'y a qu'un instant avec madame la comtesse.

— Et vous savez en quels termes?

— Oui, mais Marini serait-il...

— Josepha! oui, c'est ce que la comtesse allait vous apprendre, quand je lui ai imposé silence.

— Oh! mon Dieu!

— Vous m'avez promis d'être calme, Mariana.

— Mais on dit que mon fils est un assassin.

— Ceux qui disent cela ont menti.

— Qu'il est perdu!

— C'est faux, je veille; sur le crime qu'on lui impute voici la vérité.

Et Pierrebuff raconta à la mère de Josepha la tentative de meurtre commise sur M. de Mérinval par les del Mona, croyant frapper Josepha.

— Les infâmes! s'écrièrent Marie et Mariana; mais pourquoi le comte soutient-il les del Mona, ses assassins dans cette affaire?

— Vous allez tout savoir : Le comte et les del Mona avaient juré de tuer l'innocent Josepha, parce que celui-ci et des amis inconnus s'occupaient, s'occupent encore et s'occuperont jusqu'à ce qu'ils aient obtenu un bon résultat, de réhabiliter la mémoire de votre mari, en établissant son innocence.

— Et je suis sûre que vous n'êtes pas étranger à ce généreux projet?

— Et vous avez raison de n'en point douter, Mariana. Or, si le comte et les del Mona voulant tuer Josepha, et n'y parvenant point, l'ont mis sous la main de la justice, c'est que tous trois avaient comme moi tout à craindre de la justice : le comte, parce qu'il a été mon complice dans l'assassinat commis il y a vingt ans, près du vieux pont; votre mari, parce qu'une enquête vous eût immanquablement appris l'existence du véritable Josepha, Carlos, parce que la découverte du vrai Josepha lui eût enlevé sa position. Me comprenez-vous bien à présent?

— Oh! oui, mais dans ce procès Josepha parlera.

— Je l'y ai décidé.

— Pourquoi hésitait-il?

En deux mots Pierrebuff mit Mariana au courant des amours de Josepha et d'Ève.

— Mais sans Ève, croira-t-on Josepha? demanda Mariana avec une profonde anxiété.

— J'en doute.

— Alors il nous faut Ève! s'écria Mariana, mon mari sait où elle est sans doute, lui?

— Oui.

— Eh bien! malheur à lui s'il ne veut pas me la rendre! Je pars sur-le-champ pour Vannes, où il est avec le comte.

— De la prudence, madame.

— Soyez tranquille, capitaine. Il s'agit de mon fils... je saurai comprimer les battements de mon cœur!

XXIV

Une panthère et deux tigres.

— Soyez prudente, madame, avait dit Pierrebuff à Mariana, ne brusquez rien, aidez-vous si faire se peut de madame de Mérinval qui, pour retrouver sa fille, peut vous être d'un grand secours; mais surtout ne vous séparez pas de del Mona, et ne quittez pas le château des Dunes sans avoir fait entrer ma fille Berthe au service de la comtesse; il est essentiel pour vous, pour Josepha, pour Ève et pour tous, que Berthe soit bien à même de surveiller les faits et gestes de M. de Mérinval et de son complice.

— Mais je ne sais ce que Berthe est devenue; répondit Mariana.

— Elle se retrouvera, ne craignez rien; maintenant que vous m'avez affirmé, d'une façon positive, que le comte de Mérinval et votre mari étaient à Vannes depuis cinq ou six jours, je suis tranquillisé sur le compte de Jean et de Berthe.

— Alors je pars, à bientôt. Me conseillez-vous de faire mon possible pour déterminer la comtesse à m'accompagner?

— Non, l'éclat serait trop grand; puis, franchement, je ne crois pas que la comtesse ait assez d'énergie pour résister ouvertement à son mari. Qu'elle reste aux Dunes puisqu'Ève est à coup sûr dans les environs du château.

— Soit! adieu!

— Encore une recommandation : Que Josepha ne sache rien de Gasparo avant que je n'y consente.

— C'est entendu.

— Eh bien, pas adieu; mais au revoir!

Après avoir serré une dernière fois la main au pilote, Mariana rejoignit madame de Mérinval, à qui elle fit part de sa résolution bien arrêtée de partir sur-le-champ pour Vannes.

— Comment, lui dit la comtesse avec un accent de tristesse et de reproche, vous aussi, que je croyais mon amie, vous m'abandonnez!

— Que craignez-vous?

— Ces deux monstres...

— S'ils reviennent, je reviendrai avec eux. Et si je vais à Vannes, j'y vais autant dans votre intérêt que dans le mien. J'y vais pour me faire rendre Ève.

— Oh! partez alors, ma chère amie, partez vite et ramenez-moi mon enfant!

Cette conversation avait lieu dans le canot de l'*Émérillon* qui, grâce au petit Josepha, eut bientôt ramené les deux dames sur le port.

— Prenez ma voiture, fit la comtesse à Mariana.

— Et vous, pour retourner aux Dunes?

— J'en louerai une.

Mariana accepta la proposition de son amie, et un quart-d'heure plus tard toutes deux suivirent une direction différente.

Avant d'aller plus loin, deux mots d'explications sont nécessaires pour qu'on comprenne bien Mariana au moral, et qu'on se la représente au physique; on s'expliquera mieux ensuite la scène que nous avons annoncée sous un titre peu rassurant.

En 1846, Mariana avait juste quarante-six ans; mais elle

n'en paraissait guère que trente-cinq. Elle avait été très-jolie, elle l'était encore ; non pas d'une beauté agaçante, séduisante, mais d'une beauté sévère alliée à une taille imposante ; ses cheveux étaient noirs, ses yeux brillants, ses dents blanches, et son sourire, qui quelques années plus tôt avait à lui seul allumé tant de passions, était devenu souvent railleur, presque incisif.

Au moral, Mariana était ce qu'elle était au physique : prompte, vive, impressionnée, ardente, douée d'un bon cœur et de beaucoup d'amour-propre, elle était susceptible d'aimer avec délire, de haïr avec rage. Son cœur ne devait pas connaître l'indifférence et se jetait toujours au contraire dans les extrêmes. Ne raisonnant jamais qu'après coup, quand elle voulait une chose, elle la voulait avec opiniâtreté, et son esprit ne discutait jamais la valeur des moyens.

Sans bien se rendre compte de ce qu'elle éprouvait pour son mari depuis la confidence de Pierrebuff, elle sentait qu'elle mesurerait sa conduite vis-à-vis de del Mona sur celle de celui-ci à l'égard du vrai Josepha ; sans savoir ce qu'elle allait faire et dire, elle avait murmuré en montant en voiture :

— Je l'étranglerai plutôt que de lui laisser mon enfant pour victime !

Et Mariana, dans un moment de désespoir, était femme à exécuter sa menace.

Pendant le trajet, Mariana employa tout l'empire qu'elle avait sur elle-même, à se contenir. Elle se rappelait les paroles du pilote :

— Soyez prudente.

Quand elle arriva à Vannes, elle était calme ; quand elle se fit annoncer à son mari, elle avait le sourire sur les lèvres.

Il était midi environ. Le comte et del Mona étaient à table.

— Ma femme ici, s'était écrié del Mona, étonné.

En gagnant le salon de l'hôtel où l'attendait Mariana, del Mona fut pris comme d'un vertige. La présence de sa femme à Vannes, où Josepha était détenu, était à la vérité bien faite pour l'effrayer. La première personne venue, un garçon de l'hôtel pouvait prononcer devant la mère de Josepha le véritable nom du prévenu, et quelles seraient les conséquences d'une pareille révélation ?...

Del Mona fit toutes ces réflexions en cinq minutes, le temps de parcourir un long couloir, et il commença à penser en même temps que le désir de se venger du fils du supplicié les avait entraînés trop loin, le comte et lui ; il comprit qu'ils avaient eu tort, avaient commis une sottise, en mettant Josepha sous la main de la justice, sottise qui les avait déjà poussés dans de nouveaux crimes :

L'assassinat de Pierrebuff, l'horrible séquestration d'Ève.

Dissimulant son émotion, del Mona s'avança la main ouverte vers sa femme, en lui disant :

— Quel heureux hasard, chère amie ?

— Ne vous félicitez pas du hasard qui m'amène, répondit froidement la mère de Josepha. Asseyez-vous là et causons ; j'ai bien des choses à vous dire ; quant à vous serrer la main, nous verrons plus tard.

Ce prélude n'était pas rassurant. Del Mona s'assit cependant, en disant :

— Je vous écoute...

— Que faites-vous à Vannes ? reprit Mariana, en plongeant son regard instigateur dans celui de son mari.

— Je suis venu, à la requête de monsieur le procureur, comme témoin dans l'affaire de M. Marini, répondit del Mona avec assurance.

Mariana était d'un naturel emporté et irascible, l'assurance de son mari lui déplut et l'irrita à un tel point, qu'elle voulut en finir d'un coup.

— Pourquoi n'appelez-vous pas Josepha, Josepha ? dit-elle.

Del Mona pâlit.

— Je sais tout, monsieur, poursuivit Mariana, et comme dans cette affaire vous n'êtes qu'un auxiliaire du comte de Mérinval, ce n'est pas à vous à qui j'ai à parler. Vous m'avez

lâchement trompée pendant vingt ans ; vous vous êtes joué de ce qu'il y a de plus sacré dans le cœur d'une femme, d'une mère ; c'est assez, monsieur, pas une minute de plus je ne porterai votre nom, je veux et dois vous abandonner à votre vie de sang, de meurtre, d'hypocrisie et de dissimulation. Si mon premier mari, dont le malheur est notre ouvrage, est monté innocent sur l'échafaud, je ne veux pas être avec le second quand il y montera coupable. Je vous donne deux jours pour faire un compte approximatif de votre fortune, et vous me remettrez un tiers de ce que vous possédez. Si vous ne voulez pas faire cette concession de bonne volonté, je vous traîne devant une cour d'assises qui pourrait bien vous envoyer au bagne. Réfléchissez que je vous ai dit que je savais tout, vous allez du reste en avoir la preuve. C'est tout ce que j'ai à vous dire personnellement. Le reste regarde autant votre complice que vous. Où est le noble comte de Mérinval ?

— Il déjeune.

— Conduisez-moi auprès de lui.

— Oh ! je vous en prie, Mariana, je ferai tout ce que vous voudrez ; mais ne voyez pas cet homme !

— Pourquoi ?

— Cet homme est un tigre altéré de vengeance. S'il connaît vos projets, s'il se doute que vous avez pénétré ses secrets, et qu'il vous considère comme son ennemie, vous êtes perdue ; car rien ne peut l'arrêter au point où il est.

— Je sais ce dont il est capable ; mais croyez-vous que, par peur, je lui abandonnerai la vie de mon fils ? Oh ! non, car je ne le crains pas. Si le comte et vous, avez des instincts de bête féroce, de tigre, comme vous avez dit, la colère et le désespoir m'ont mis au cœur de panthère dans la poitrine. Vous voyez que nous sommes de la même famille ; conduisez-moi.

— Vous le voulez ?

— Je l'ordonne.

Del Mona conduisit sa femme dans la salle à manger où M. de Mérinval achevait de déjeuner tranquillement.

— Comment, comtesse, s'écria-t-il galement en la voyant, vous venez nous relancer jusqu'ici ! Est-ce qu'un déjeuner de garçons-mariés aurait pour vous quelqu'attrait. Vous voyez, rien ne manque au nôtre, et si vous voulez partager notre débauche.

Mérinval s'arrêta : l'air courroucé de la mère de Josepha et la figure pâle et décontenancée de son propre complice lui disaient que ce n'était plus le moment de plaisanter.

— Avez-vous déjeuné, monsieur le comte ? dit Mariana sans se départir de sa mordante ironie.

— A peu près.

— Tant mieux !

— Tant pis, au contraire, car je ne pourrai avoir le plaisir de vous tenir compagnie ; mais en revanche j'aurai l'honneur de vous servir.

— Tant mieux ! ai-je dit, monsieur le comte, et j'ai eu raison ; car j'ai à vous parler, et ce que j'ai à vous dire pourrait bien vous couper l'appétit comme à M. del Mona.

— La confidence est donc bien grave ?

— Pour que je sois venue exprès des Dunes, elle doit l'être. Tenez, jouons cartes sur table, monsieur le comte ; car nous n'avons pas de temps à perdre.

— Que voulez-vous dire ?

— Que le passé nous a faits ennemis mortels ; mon ignorance seule faisait qu'en vous je voyais un galant homme et un ami ; mais maintenant que je sais bien des choses...

— Lesquelles ? demanda le comte avec assurance et en jetant un regard d'interrogation à del Mona, comme pour lui demander s'il n'avait pas eu la faiblesse de parler.

— Je sais, monsieur le comte, dit Mariana sans hésitation et en accentuant chacune de ses paroles, je sais que vous êtes un assassin !...

Le comte pâlit, un éclair passa dans son regard ; mais sa voix ne trembla pas quand il répliqua :

— Après, madame ?

— Quant à moi, vous savez sans doute qui je suis ; monsieur n'aura pas manqué de vous le dire, continua la mère de Josepha en désignant son mari d'un geste de mépris.

— Oui, madame, je sais qui vous êtes : l'épouse adultère en premières noces d'un misérable, dont la main du bourreau a fait justice.

— Dont le bourreau a fait justice, dites-vous? Mais comment osez-vous proférer de telles paroles, comment un mensonge aussi indigne ne vous étouffe-t-il pas en vous passant par la gorge? Mieux que personne, vous savez que Josepha est mort innocent, qu'il n'était pas avec vous au Vieux-Pont quand, après que Gasparo le contrebandier eut tué sir Edward de Grodsingel, vous lui fîtes sauter la cervelle d'un coup de pistolet pour vous débarrasser d'un complice et ne partager avec personne la fortune de l'Anglais. Mais ce n'est pas tout.

— Continuez, madame. En vérité tout ceci est très intéressant.

Mariana reprit sans remarquer que M. de Mérinval commençait à jouer négligemment avec un couteau à découper fort pointu.

— Vous avez donc été cause de la mort de mon mari, monsieur, et aujourd'hui, après vous être débarrassé du témoignage de votre propre fille en employant un moyen violent pour séquestrer la pauvre enfant; après avoir poignardé Pierrebuff qui s'était fait le protecteur d'Ève, vous jouez une comédie infâme, ignoble; car, aussi bien que moi, vous connaissez les deux hommes qui vous ont attaqué et blessé il y a environ un mois pour faire tomber la tête de mon fils. Mais cette hideuse comédie, monsieur, n'aura pas le dénouement que vous espérez; car je suis là...

— Tu n'y seras pas longtemps, s'écria le comte en se précipitant d'un bond, le couteau à la main, sur Mariana.

FIN DE LA DEUXIÈME SÉRIE.

Sceaux. — Typographie de E. Dépée.

www.ingramcontent.com/pod-product-compliance
Lightning Source LLC
Chambersburg PA
CBHW061701180626
46818CB00003B/1203